Friedrich Schiller

Kabale und Liebe

Ein bürgerliches Trauerspiel in fünf Aufzügen

Kommentierte Ausgabe mit über 900 Wort- und Sacherklärungen als Lektüre für die Schule aufbereitet

Herstellung: Karl A. Fiedler

aionas

1. Auflage, 2014
Cover-Bild: © Fernando Corts – Fotolia.com
ISBN (Print): 978-1503110731

Kabale und Liebe [1]

Ein bürgerliches Trauerspiel[2] in fünf Aufzügen

1 Schiller hatte sein Drama ursprünglich „Luise Millerin" betitelt. Auf Anraten seines Freundes Wilhelm Iffland (1759–1814), ein Schauspieler und Theaterdichter, den Schiller in Mannheim kennengelernt hatte, nannte Schiller das Trauerspiel 1784 mit dem griffigeren, publikumswirksameren Titel „Kabale und Liebe" um. Der Begriff „Kabale" bedeutet „Intrige".

2 bürgerliches Trauerspiel: In Schillers Vorzeit standen vor allem die Verhältnisse von Adeligen im Zentrum dramatischer Werke. Mit der Aufklärung wurden aus den Reihen des Bürgertums universale Menschenrechte wie Freiheit und Gleichheit propagiert und eingefordert. Die bürgerliche Idee wurde auf alle Bereiche des gesellschaftlichen Lebens übertragen. Im 18. Jahrhundert kam das Genre des bürgerlichen Trauerspiels erstmals in Frankreich auf. In Deutschland entwickelte insbesondere *Gotthold Ephraim Lessing* Vorstellungen über das Wesen eines bürgerlichen Trauerspiels. In seinem Mittelpunkt stehen die Verhältnisse des Bürgertums bzw. die des niederen Adels.

Personen[3]

Präsident[4] von Walter, *am Hof eines deutschen Fürsten*
Ferdinand, *sein Sohn, Major*

Hofmarschall[5] von Kalb[6]
Lady[7] Milford, *Favoritin[8] des Fürsten*
Wurm[9], *Haussekretär des Präsidenten*

Miller, *Stadtmusikant oder, wie man sie an einigen Orten nennt, Kunstpfeifer[10]*
Dessen Frau
Luise, *dessen Tochter*

Sophie, *Kammerjungfer[11] der Lady*

Ein Kammerdiener des Fürsten, verschiedene Nebenpersonen

---

3 Personen: Das Personenverzeichnis ordnete Schiller – wie damals üblich – nach dem sozialen Stand der Figuren. Daher sind im Verzeichnis zunäcchst die Figuren aus dem Adel zu finden. Luise als eine Hauptfigur wird daher erst recht spät genannt.

4 Präsident: Ursprünglich stand in Schillers Personenverzeichnis „Minister". In seiner Bearbeitung für das Theater änderte er dies in „Präsident", der die Bedeutung von Ministerpräsident – der Regierungschef – hat. Die Figur hat Bezug auf ein Ereignis im Jahr 1762 in Württemberg, wo der Graf Samuel Friedrich Montmartin (1712–1768) einen Kontrahenten, der von Herzog Carl Eugen begünstigt wurde, durch gefälschte Briefe in den Kerker brachte.

5 Hofmarschall: Der Hofmarschall ist der oberste Verwaltungsbeamte und zuständig für den fürstlichen Haushalt.

6 von Kalb: Der Name ist eine gezielte Provokation von Schiller. Im Asyl in Bauerbach erfuhr er die Geschichte einer Verwandten von Henriette von Wolzogen, von Charlotte Marschalk von Ostheim, die aus rein standesrechtlichen Gründen an Heinrich von Kalb verheiratet wurde. Der Name brachte Schiller in eine schwierige Situation, als er kurz nach der Uraufführung Charlotte von Kalb kennenlernte, mit der er in den folgenden Monaten eine engere Beziehung pflegte. Schiller wählte den Namen auch als Karikatur – das treue Kalb. Dennoch erwog Schiller, den Namen bei der Wiederaufführung zu ändern. Dies unterband jedoch die Familie von Kalb, weil sie hierdurch zurecht eine entsprechende Vermutung in der Öffentlichkeit auf sich lenken würde. vgl. auch Anmekrung 280

7 Lady: der englische Titel einer adeligen Dame. Der Name Emilie Milford ist nur angenommen.

8 Favoritin: Sie ist eine Mätresse, die Geliebte des Fürsten und der mächtigste weibliche Günstling am Fürstenhof. Eine Mätresse hatte zum Teil großen politischen Einfluss. Sie sollte als schöne, gebildete und geistreiche Gastgeberin den Hof zum beachteten Mittelpunkt des Landes machen.

9 Wurm: Wie der Name des Hofmarschalls ist auch der Name Wurms eine Karikatur. Weitere Assoziation ergibt sich mit der durch den Staub kriechenden Schlange als die Verderben bringende Verführerin der Menschen. Nach der christlichen Überlieferung verführte die Schlange Eva und Adam, vom Baum der Erkenntnis zu essen. Gott strafte sie hierfür. Fortan musste sie durch den Stau kriechen.

10 Stadtmusikanten, Kunstpfeifer: Stadtmusikant ist die Bezeichnung für Berufsmusiker, die im Dienst der Stadt standen und häufig mehrere Instrumente beherrschen mussten. Ihnen oblag auch die Aufgabe der Musikausbildung. Kunstpfeifer ist nach Grimm ein Ehrenname für städtische zünftige Musikanten. Zunft kommt daher, da sich Stadtmusikanten als Berufsverband zusammenschlossen.

11 Kammerjungfer: Eine Bedienstete am fürstlichen Hof. Den Titel trugen unverheiratete junge Frauen aus dem Stand des Bürgertums, die dem Hof dienten.

Erster Akt

Erste Szene

Zimmer beim Musikus[12]*. Miller steht eben vom Sessel auf und stellt sein Violoncell* [13]*auf die Seite. An einem Tisch sitzt Frau Millerin*[14] *noch im Nachtgewand und trinkt ihren Kaffee.*

MILLER *schnell auf und ab gehend.* Einmal für allemal[15]. Der Handel[16] wird ernsthaft. Meine Tochter kommt mit dem Baron[17] ins Geschrei[18]. Mein Haus wird verrufen. Der Präsident bekommt Wind, und – kurz und gut, ich biete dem Junker aus[19].

FRAU. Du hast ihn nicht in dein Haus geschwatzt – hast ihm deine Tochter nicht nachgeworfen.

MILLER. Hab ihn nicht in mein Haus geschwatzt – hab ihms Mädel nicht nachgeworfen; wer nimmt Notiz davon? – Ich war Herr im Haus. Ich hätt meine Tochter mehr koram nehmen[20] sollen. Ich hätt dem Major besser auftrumpfen[21] sollen – oder hätt gleich alles Seiner Exzellenz[22] dem Herrn Papa stecken[23] sollen. Der junge Baron bringts mit einem Wischer hinaus[24], das muß ich wissen, und alles Wetter[25] kommt über den Geiger.

---

12 Musikus: Musikant, Musiker

13 Violonchell: Violonchello, Kniegeige, die beim Spielen – entgegen einer Violine – aufrecht zwischen den Beinen gehalten wird.

14 Millerin: Sowohl die Ehefrau des Musikanten Millers als auch seine Tochter werden als Millerin bezeichnet. Es ist die weibliche Form des Namens.

15 Einmal für allemal: Ein für alle Mal.

16 Handel: ist ursprünglich ein Begriff für *Geschäfte* oder allgemein für *Angelegenheiten.* Das Wort wird hier aber ironisch und verächtlich gebraucht als Ausdruck eines nachteiligen „Geschäfts".

17 Baron: ist die französische Bezeichnung für einen *Freiherrn.* Im Deutschen wird auch stets Freiherr verwendet. Schiller illustriert aber in seinem Stück adelige Figuren, die vom französischen Hof geprägt wurden, und flechtet daher häufig französische Begriffe und Phrasen in seinen Text ein.

18 ins Geschrei: *in Verruf, bekommt einen schlechten Ruf. Geschrei* bezeichnet dabei ein besonders starkes Gerücht.

19 ich biete dem Junker aus: Er will dem Junker das Haus verbieten. *Junker* ist im 18. Jahrhundert die Bezeichnung für den Sohn eines adeligen Herrn.

20 koram nehmen: *coram* (lateinisch), stammt aus der Studentensprache und steht hier für *Ich hätte ihr mehr ins Gewissen reden sollen.*

21 auftrumpfen: Im Schwäbischen steht dies als derber Ausdruck für *die Meinung sagen.* Miller ärgert sich also hier darüber, dass er ihm nicht ordentlich seine Meinung gegeigt hat.

22 Exzellenz: Titel für Minister und hohe Beamte

23 stecken: *zustecken,* er hätte ihn darüber informieren sollen

24 bringts mit einem Wischer hinaus: Im Schwäbischen steht *hinausbringen* für *vollenden. Wischer* steht für einen *Verweis* bzw. einen *Tadel.* Heißt hier also: *Er kommt mit einem Verweis davon.*

25 Wetter: Im Schwäbischen ist *Wetter* auch ein Begriff für *Unheil.*

FRAU *schlürft eine Tasse aus.* Possen[26]! Geschwätz! Was kann über dich kommen? Wer kann dir was anhaben? Du gehst deiner Profession[27] nach und raffst Scholaren[28] zusammen, wo sie zu kriegen sind.

MILLER. Aber, sag mir doch, was wird bei dem ganzen Kommerz[29] auch herauskommen? — Nehmen[30] kann er das Mädel nicht — Vom Nehmen ist gar die Rede nicht, und zu einer daß Gott erbarm[31]? — Guten Morgen! — Gelt, wenn so ein Musje von[32] sich da und dort, und dort und hier schon herumbeholfen[33] hat, wenn er, der Henker weiß was als?[34] gelöst[35] hat, schmeckts meinem guten Schlucker freilich, einmal auf süß Wasser[36] zu graben. Gib du acht! gib du acht! und wenn du aus jedem Astloch[37] ein Auge strecktest und vor jedem Blutstropfen Schildwache ständest, er wird sie, dir auf der Nase[38], beschwatzen, dem Mädel eins hinsetzen[39] und führt sich ab[40], und das Mädel ist verschimpfiert[41] auf ihr Leben lang, bleibt sitzen, oder hats Handwerk verschmeckt[42], treibts fort. *Die Faust vor die Stirn.* Jesus Christus!

FRAU. Gott behüt uns in Gnaden!

MILLER. Es hat sich zu behüten[43]. Worauf kann so ein Windfuß[44] wohl sonst sein Absehen[45] richten? — Das Mädel ist schön — schlank — führt seinen netten Fuß[46]. Unterm Dach mags aussehen, wies will. Darüber guckt man bei euch Weibsleuten weg, wenns nur der liebe Gott parterre[47] nicht hat fehlen lassen — Stöbert mein Springinsfeld[48] erst

26 Possen: *dummes Zeug*

27 Profession: aus dem Französischen für *Beruf* oder *Gewerbe*

28 Scholaren: *Schüler, Musikschüler*

29 Kommenz: im Sinne eines *wirtschaftlichen Handels*

30 Nehmen: im Sinne von *heiraten*

31 zu einer daß Gott erbarm: *zu einer Hure, Gott erbarme dich*

32 Musje von: vom franzöischen *Monsineur* für *Herr*, hier also *Herr von* als verächtlicher Fremdwortgebrauch im Volk

33 herumbeholfen: im Schwächischen ein Ausdruck für *sich behelfen*, wird hier im Sinne von *hat ein Liebesabenteuer gesucht* verwendet.

34 als: steht im Schwäbischen für *etwas* bzw. *alles.*

35 gelöst: *eingehandelt.* Die Phrase steht hier also für: *wer weiß was alles eingehandelt hat.*

36 süß Wasser: *Süßwasser*, meint hier bildhaft: *nach etwas Besserem Ausschau halten.*

37 Astloch: gemeint ist ein Guckloch zur Beobachtung

38 auf der Nase: *in direkter Nähe*

39 eins hinsetzen: im Schwäbischen ein Ausdruck dafür, *ihr ein Kind zu machen.*

40 führt sich ab: *geht fort, verschwindet*

41 verschimpfiert: im Schwäbischen ein Ausdruck für *beschimpfen.*

42 Handwerk verschmeckt: *Gefallen daran gefunden*

43 Es hat sich zu behüten: eine ironische Antwort auf seine Frau. Miller meint, dass sich seine Tochter vorsehen muss.

44 Windfuß: *leichtsinniger Mensch*

45 sein Absehen: *seine Absicht*

46 führt seinen netten Fuß: Sie *hat einen angenehm anzuschauenden Gang.*

47 parterre: französisch für *Erdgeschoss.* Miller meint hier den Körper, also alles unterhalb des Kopfes.

48 Springinsfeld: ein *leichtsinniger, junger Mensch*

noch dieses Kapitel aus – heh da! geht ihm ein Licht auf, wie meinem Rodney[49], wenn er die Witterung eines Franzosen kriegt, und nun müssen alle Segel dran[50], und drauflos, und – ich verdenks ihm gar nicht. Mensch ist Mensch. Das muß ich wissen.

FRAU. Solltest nur die wunderhübsche Billetter[51] auch lesen, die der gnädige Herr an deine Tochter als[52] schreiben tut. Guter Gott! Da sieht mans ja sonnenklar, wie es ihm pur um ihre schöne Seele zu tun ist.

MILLER. Das ist die rechte Höhe! Auf den Sack schlagt[53] man; den Esel meint man. Wer einen Gruß an das liebe Fleisch zu bestellen hat, darf nur das gute Herz Boten gehen lassen[54]. Wie hab ichs gemacht? Hat mans nur erst so weit im reinen, daß die Gemüter topp machen[55], wutsch! nehmen die Körper ein Exempel; das Gesind machts der Herrschaft nach und der silberne Mond[56] ist am End nur der Kuppler gewesen.

FRAU. Sieh doch nur erst die prächtigen Bücher an, die der Herr Major ins Haus geschafft haben[57]. Deine Tochter betet auch immer draus.

MILLER *pfeift*. Hui da! Betet! Du hast den Witz davon[58]. Die rohe Kraftbrühen der Natur[59] sind Ihro Gnaden zartem Makronenmagen noch zu hart. – Er muß sie erst in der höllischen Pestilenzküche[60] der Bellatristen[61] künstlich aufkochen lassen. Ins Feuer mit dem Quark[62]. Da saugt mir das Mädel – weiß Gott was als für? – überhimmlische Alfanzereien[63] ein, das läuft dann wie spanische Mucken[64] ins Blut und wirft mir die Handvoll Christentum noch gar auseinander, die der Vater mit knapper Not so so[65] noch zusammenhielt. Ins Feuer sag ich. Das Mädel setzt sich alles Teufelsgezeug in den Kopf; über all dem Herumschwänzen in der Schlaraffenwelt findets zuletzt seine Heimat nicht mehr, vergißt, schämt sich, daß sein Vater Miller der Geiger ist, und verschlägt[66] mir am End einen wackern ehrbaren Schwiegersohn, der sich so warm in meine Kundschaft hinein gesetzt hätte – – Nein! Gott verdamm mich. *Er springt auf, hitzig*. Gleich muß

---

49 Rodney: *Georges Brydges Rodney* (1718–92), ein englischer Admiral, der 1780 und 1782 zwei Mal die französische Flotte besiegte.

50 alle Segel dran: *alle Segel gesetzt werden*

51 Billetter: aus dem Französischen *kleine versiegelte Briefe*

52 als: im Schwäbischen für *immer*

53 schlagt: *schlägt*

54 Boten gehen lassen: *einen Auftrag erteilen*

55 topp machen: *einverstanden sein*

56 silberne Mond: In der Poesie der Empfindsamkeit ist der *silberne Mond* ein beliebtes Motiv.

57 die der Herr Major ins Haus geschafft *haben*: Die Höflichkeit gegenüber Adeligen gebot die Verwendung der 3. Person im Plural.

58 Du hast den Witz davon: *Du hast es verstanden.* Miller meint hier ironisch, dass seine Frau einen Geistesblitz hatte.

59 Die rohe Kraftbrühen der Natur: steht bildhaft für die Jugend seiner Tochter Luise.

60 Pestillenzküche: *Pestillenz* meint die *Pest*, hier also die *Pestküche*

61 Bellatristen: *Autor von Romanen (Belletrist), Schriftsteller von Unterhaltungsliteratur*

62 Quark: meint hier für *Quatsch* oder *Wertloses*

63 Alfanzereien: aus dem Mittelhochdeutschen, steht hier für *Betrug, albernes Zeug*

64 spanische Mucken: *spanische Fliegen*, bezeichnet ein *Afrodisiakum* zur sexuellen Anregung

65 so so: *einigermaßen*

66 verschlägt: im Schwäbischen für *abschlagen*, sie bringt ihn um einen Schwiegersohn

die Pastete auf den Herd[67], und dem Major – ja ja dem Major will ich weisen, wo Meister Zimmermann das Loch gemacht hat[68]. *Er will fort.*

FRAU. Sei artig, Miller. Wie manchen schönen Groschen[69] haben uns nur die Präsenter[70] – –

MILLER *kommt zurück und bleibt vor ihr stehen.* Das Blutgeld[71] meiner Tochter? – Schier dich[72] zum Satan, infame[73] Kupplerin! – Eh will ich mit meiner Geig auf den Bettel herumziehen[74], und das Konzert um was Warmes[75] geben – eh will ich mein Violonzello zerschlagen, und Mist im Sonanzboden[76] führen, eh ich mirs schmecken laß von dem Geld, das mein einziges Kind mit Seel und Seligkeit abverdient. – Stell den vermaledeiten Kaffee ein[77], und das Tobakschnupfen, so brauchst du deiner Tochter Gesicht nicht zu Markt zu treiben[78]. Ich hab mich satt gefressen, und immer ein gutes Hemd auf dem Leib gehabt, eh so ein vertrackter Tausendsasa[79] in meine Stube geschmeckt[80] hat.

FRAU. Nur nicht gleich mit der Tür ins Haus. Wie du doch den Augenblick in Feuer und Flammen stehst! Ich sprech ja nur, man müss den Herrn Major nicht disguschtüren[81], weil Sie des Präsidenten Sohn sind.

MILLER. Da liegt der Has im Pfeffer.[82] Darum, just eben darum, muß die Sach noch heut auseinander. Der Präsident muß es mir Dank wissen, wenn er ein rechtschaffener Vater ist. Du wirst mir meinen roten plüschenen[83] Rock ausbürsten, und ich werde mich bei Seiner Exzellenz anmelden lassen. Ich werde sprechen zu Seiner Exzellenz: Dero[84] Herr Sohn haben ein Aug auf meine Tochter; meine Tochter ist zu schlecht zu Dero Herrn Sohnes Frau, aber zu Dero Herrn Sohnes Hure ist meine Tochter zu kostbar, und damit basta[85]! – Ich heiße Miller.

---

67 Gleich muß die Pastete auf den Herd: *Die Sache muss sofort erledigt werden.*

68 wo Meister Zimmermann das Loch gemacht hat: *wo die Tür ist*

69 Groschen: eine *Geldmünze* im Wert von 1/24 Taler

70 Präsenter: aus dem Französischen für *Geschenk*

71 Blutgeld: Geld, mit dem eine Blutschuld gesühnt wird

72 Schier dich: *schere dich*

73 infame: *ehrlose*

74 auf den Bettel herumziehen: im Schwäbischen für *betteln gehen*

75 was Warmes: *etwas zu essen*

76 Mist im Sonanzboden: *Mist im Resonanzboden* der zerschlagenen Stehgeige

77 Stell den vermaledeiten Kaffee ein...Tobabschnupfen: Kaffee und Tabak waren zu Schillers Zeiten kostspielige Luxusgüter.

78 nicht zu Markt zu treiben: *nicht zu verkuppeln*

79 vertrackter Tausendsasa: steht hier für *verdammter Teufel*

80 geschmeckt: im Schwäbischen für *gerochen*

81 disguschtüren: im Schwäbischen für *disgustieren, den Geschmack verderben,* man muss ihn nicht vor den Kopf schlagen

82 des Präsidenten Sohn: schrichwörtlich für *so ist es, das ist der springende Punkt*

83 plüschenen: *aus Plüsch, Wollsamt*

84 Dero: *Ihr*

85 basta: *ist es genug*

Zweite Szene

Sekretär Wurm. Die Vorigen.

FRAU. Ah guten Morgen, Herr Sekertare[86]. Hat man auch einmal wieder das Vergnügen von Ihnen[87]?

WURM. Meinerseits, meinerseits, Frau Base[88]. Wo eine Kavaliersgnade[89] einspricht[90], kommt mein bürgerliches Vergnügen in gar keine Rechnung.

FRAU. Was Sie nicht sagen, Herr Sekertare! Des Herrn Majors von Walter hohe Gnaden machen uns wohl je und je[91] das Bläsier[92], doch verachten wir darum niemand.

MILLER *verdrüßlich*[93]. Dem Herrn einen Sessel, Frau. Wollens ablegen, Herr Landsmann[94]?

WURM *legt Hut und Stock weg, setzt sich.* Nun! Nun! und wie befindet sich denn meine Zukünftige – oder Gewesene? – Ich will doch nicht hoffen[95] – kriegt man sie nicht zu sehen – Mamsell[96] Luisen?

FRAU. Danken der Nachfrage, Herr Sekertare. Aber meine Tochter ist doch gar nicht hochmütig.

MILLER *ärgerlich, stößt sie mit dem Ellnbogen.* Weib!

FRAU. Bedauerns nur, daß sie die Ehre nicht haben kann[97] vom Herrn Sekertare. Sie ist eben in die Mess[98], meine Tochter.

WURM. Das freut mich, freut mich. Ich werd einmal eine fromme christliche Frau an ihr haben.[99]

FRAU *lächelt dumm-vornehm.* Ja – aber, Herr Sekertare –

---

86 Sekertare: *Sekretär*

87 Vergnügen von Ihnen: *Vergnügen, Sie zu Gesicht zu bekommen*

88 Frau Base: *Base* bezeichnet in der Regel das Verwandtschaftsverhältnis von zwei Personen (Cousine). Im Schwäbischen wurde der Begriff aber auch als höfliche Anrede unter Bekannten ohne Verwandtschaftsbeziehungen verwendet. Dies ist hier der Fall.

89 Kavaliersgnade: *Kavalier* stammt aus dem Französischen (*chevalier*) und heißt *Ritter.* (Ritter hatten im Mittelalter Minnedienst für adelige Frauen geleistet. Sie verehrten sie und unterwarfen sich ihrem Willen – eine Art platonischer Liebe.) Dies heißt hier soviel wie: *Wo ein Kavalier seine Gnade eines Besuches erweist...* Mit dem Ritter ist Ferdinand gemeint.

90 einspricht: *einkehrt*

91 je und je: *ab und zu*

92 Bläsier: *Plasier* in der schwäbischen Mundart. Der Begriff stammt aus dem Französischen und heißt *Vergnügen* bzw. *Freude.*

93 verdrüßlich: *verdießlich*

94 Landsmann: Bezeichnung für einen Einheimischen. Miller verwendet den Begriff hier, um sich von Wurm zu distanzieren.

95 will doch nicht hoffen: eine Verkürzung. Er hofft, dass Luise bei Gesundheit ist, weil sie nicht zu sehen ist.

96 Mamsell: aus dem Französ. von *mademoiselle* ins Deutsche übertragen für *Jungfer, Fräulein*

97 die Ehre nicht haben kann: *die Ehre nicht vom Besuch haben kann*

98 Mess: im Schwäbischen für *Gottesdienst*

99 Ich werd einmal ... haben: Appiani in Lessings bürgerlichen Drama *Emilia Galotti* sagt im 2. Akt, 7. Szene: „So recht, meine Emilia! Ich werd eine fromme Frau an Ihnen haben."

MILLER *in sichtbarer Verlegenheit kneipt*[100] *sie in die Ohren.* Weib!

FRAU. Wenn Ihnen unser Haus sonst irgendwo dienen kann – Mit allem Vergnügen, Herr Sekertare –

WURM *macht falsche Augen*[101]. Sonst irgendwo! Schönen Dank! Schönen Dank – Hem! hem! hem!

FRAU. Aber – wie der Herr Sekertare selber die Einsicht werden haben –

MILLER *voll Zorn seine Frau vor den Hintern stoßend.* Weib!

FRAU. Gut ist gut, und besser ist besser, und einem einzigen Kind mag man doch auch nicht vor seinem Glück sein[102]. *Bäurisch-stolz.* Sie werden mich je doch wohl merken[103], Herr Sekertare?

WURM *rückt unruhig im Sessel, kratzt hinter den Ohren und zupft an Manschetten*[104] *und Jabot*[105]. Merken? Nicht doch – O ja – wie meinen sie denn?

FRAU. Nu – nu – ich dächte nur – ich meine *Hustet.* weil eben halt der liebe Gott meine Tochter barrdu[106] zur gnädigen Madam will haben –

WURM *fährt vom Stuhl.* Was sagen Sie da? Was?

MILLER. Bleiben sitzen[107]! Bleiben sitzen, Herr Sekretarius! Das Weib ist eine alberne Gans. Wo soll eine gnädige Madam herkommen? Was für ein Esel streckt sein Langohr aus diesem Geschwätze?[108]

FRAU. Schmäl[109] du, solang du willst. Was ich weiß, weiß ich – und was der Herr Major gesagt hat, das hat er gesagt.

MILLER *aufgebracht, springt nach der Geige.* Willst du dein Maul halten? Willst das Violonzello am Hirnkasten wissen? – Was kannst du wissen? Was kann er gesagt haben? – Kehren sich an das Geklatsch[110] nicht, Herr Vetter[111] – Marsch du in deine Küche – Werden mich doch nicht für des Dummkopfs leiblichen Schwager halten, daß ich obenaus[112] woll mit dem Mädel? Werden doch das nicht von mir denken, Herr Sekretarius?

WURM. Auch hab ich es nicht um Sie verdient, Herr Musikmeister. Sie haben mich jederzeit den Mann von Wort sehen lassen[113], und meine Ansprüche auf Ihre Tochter waren

---

100 kneipt: *kneift*

101 falsche Augen: er heuchelt seine Freundlichkeit nur vor

102 vor seinem Glück sein: *vor seinem Glück stehen* bzw. *ihrem Glück nicht im Wege stehen. Vor sein* ist eine schwäbische Wendung.

103 merken: *verstehen*

104 Manschetten: aus dem Französischen für *Ärmelaufschlag, Ärmelumschlag*

105 Jabot: ebenfalls aus dem Französ., ist eine *Brustkrause im Männerhemd* (im 18. Jh.) – eine am Kragen befestigte Spitzen- oder Seidenrüsche

106 barrdu: *partout* (franz.) im schwäbischen Dialekt, hier für *durchaus* bzw. *unbedingt*

107 Bleiben sitzen: *Bleiben Sie sitzen*

108 Was für ein Esel...Geschwätze: *Wen interessiert dieses Geschwätz? Sie sind ein Esel, wenn Sie auf dieses Gewätz achten.*

109 Schmäl: *schmähen, abwerten*

110 Geklatsch: *Gerede, Gewäsch*

111 Herr Vetter: hier ebenfalls nur eine höfliche Anrede unter Bekannten wie im Schwäbischen üblich

112 obenaus: *hoch hinaus*

113 den Mann ... sehen lassen: Miller meint: *Ich bin ein Mann, der sein Wort hält.*

so gut als unterschrieben[114]. Ich habe ein Amt, das seinen guten Haushälter[115] nähren kann, der Präsident ist mir gewogen, an Empfehlungen kanns nicht fehlen, wenn ich mich höher poussieren[116] will. Sie sehen, daß meine Absichten auf Mamsell Luisen ernsthaft sind, wenn sie vielleicht von einem adeligen Windbeutel[117] herumgeholt – –

FRAU. Herr Sekertare Wurm! Mehr Respekt, wenn man bitten darf –

MILLER. Halt du dein Maul, sag ich – Lassen Sie es gut sein, Herr Vetter. Es bleibt beim alten. Was ich Ihnen verwichenen[118] Herbst zum Bescheid gab, bring ich heut wieder. Ich zwinge meine Tochter nicht.[119] Stehen Sie ihr an – wohl und gut, so mag sie zusehen, wie sie glücklich mit Ihnen wird. Schüttelt sie den Kopf – noch besser – – in Gottes Namen wollt ich sagen – – so stecken Sie den Korb ein, und trinken eine Bouteille[120] mit dem Vater – Das Mädel muß mit Ihnen leben – ich nicht – warum soll ich ihr einen Mann, den sie nicht schmecken[121] kann, aus purem klarem Eigensinn an den Hals werfen? – Daß mich der böse Feind[122] in meinen eisgrauen Tagen noch wie sein Wildbret[123] herumhetze – daß ichs in jedem Glas Wein zu saufen – in jeder Suppe zu fressen kriege: Du bist der Spitzbube[124], der sein Kind ruiniert hat!

FRAU. Und kurz und gut – ich geb meinen Konsens[125] absolut nicht; meine Tochter ist zu was Hohem gemünzt[126], und ich lauf in die Gerichte, wenn mein Mann sich beschwatzen läßt.

MILLER. Willst du Arm und Bein entzwei haben, Wettermaul[127]?

WURM *zu Millern.* Ein väterlicher Rat vermag bei der Tochter viel, und hoffentlich werden Sie mich kennen, Herr Miller?

MILLER. Daß dich alle Hagel[128]! 's Mädel muß Sie kennen[129]. Was ich alter Knasterbart[130] an Ihnen abgucke, ist just kein Fressen fürs junge naschhafte Mädel. Ich will Ihnen aufs Haar hin sagen, ob Sie ein Mann fürs Orchester sind – aber eine Weiberseel ist auch für

---

114 so gut wie unterschrieben: spielt auf einen – imaginären – Heiratsvertrag an

115 Haushälter: *Hausherr*

116 poussieren: Aus dem Französ. (*pousser*) für *aufsteigen, Karriere machen*

117 Windbeutel: ein derber Ausdruck für einen Menschen, der viel verspricht, ohne Taten folgen zu lassen.

118 verwichenen: *vergangenen*

119 Ich zwinge meine Tochter nicht ... ff.: Dass Miller die Partnerwahl seiner Tochter nicht erzwingen will – obwohl das damals durchaus Recht und Brauch war – macht ihn zu einem recht liberalen Menschen. Dies unterscheidet ihn von anderen Vaterfiguren wie bspw. den Präsidenten.

120 Bouteille: französ. *Flasche*

121 schmecken: im Schwäbischen für *riechen*

122 böse Feind: gemeint ist der *Teufel* bzw. *das schlechte Gewissen*

123 sein Wildbret: *seinen Wildbraten*

124 Spitzbube: *Betrüger*

125 Konsens: *Einwilligung*

126 gemünzt: *bestimmt*

127 Wettermaul: Schimpfwort für *Lästermaul, verfluchtes Maul*

128 Daß dich alle Hagel: Soviel wie: *Soll dich doch der Blitz treffen.*

129 Mädel muß Sie kennen: *Das Mädchen muss Sie haben wollen.*

130 Knasterbart: *knorriger, alter Mann.* Der Begriff Knast ist niederdeutsch und bedeutet *alter Mann.*

einen Kapellmeister zu spitzig[131]. – Und dann von der Brust weg[132], Herr Vetter – ich bin halt ein plumper gerader teutscher[133] Kerl – für meinen Rat würden Sie sich zuletzt wenig bedanken. Ich rate meiner Tochter zu keinem – aber Sie mißrat ich meiner Tochter, Herr Sekretarius. Lassen mich ausreden. Einem Liebhaber, der den Vater zu Hilfe ruft, trau ich – erlauben Sie, – keine hohle Haselnuß zu[134]. Ist er was, so wird er sich schämen, seine Talente durch diesen altmodischen Kanal[135] vor seine Liebste zu bringen – Hat er's Courage nicht[136], so ist er ein Hasenfuß[137], und für den sind keine Luisen gewachsen – – Da! hinter dem Rücken des Vaters muß er sein Gewerb[138] an die Tochter bestellen. Machen muß er, daß das Mädel lieber Vater und Mutter zum Teufel wünscht, als ihn fahren läßt – oder selber kommt, dem Vater zu Füßen sich wirft und sich um Gottes willen den schwarzen gelben Tod[139] oder den Herzeinzigen ausbittet. – Das nenn ich einen Kerl! Das heißt lieben! – und wers bei dem Weibsvolk nicht so weit bringt, der soll – – auf seinem Gänsekiel reiten[140].

WURM *greift nach Hut und Stock, und zum Zimmer hinaus.* Obligation[141], Herr Miller.

MILLER *geht ihm langsam nach.* Für was? Für was? Haben Sie ja doch nichts genossen, Herr Sekretarius. *Zurückkommend.* nichts hört er und hin zieht er – – Ist mirs doch wie Gift und Operment[142], wenn ich den Federnfuchser[143] zu Gesichte krieg. Ein konfiszierter[144] widriger Kerl, als hätt ihn irgendein Schleichhändler[145] in die Welt meines Herrgotts hineingeschachert[146] – Die kleinen tückischen Mausaugen – die Haare brandrot – das Kinn herausgequollen, gerade als wenn die Natur für purem Gift[147] über das verhunzte[148] Stück Arbeit meinen Schlingel[149] da angefaßt, und in irgendeine Ecke geworfen hätte – Nein! Eh ich meine Tochter an so einen Schuft wegwerfe, lieber soll sie mir – Gott verzeih mirs –

---

131 spitzig: *fein, vielschichtig*

132 von der Brust weg: *gerade heraus*

133 teuscher: *deutscher*

134 trau ich ... keine hohle Haselnuß zu: schwäbische Redensart für *taugt nichts*

135 altmodischen Kanal: *altmodischen Weg*

136 Hat er's Courage nicht: *hat er den Mut nicht. Courage* französ. für *Mut.*

137 Hasenfuß: *Feigling*

138 Gewerb: *Werbung*

139 schwarzen gelben Tod: *Schwarzer Tod* steht für die *Pest.* Der Ausdruck wird durch *gelb* noch verstärkt.

140 auf seinem Gänsekiel reiten: *Gänsekiel* ist ein Schreibgerät, eine *Gänsefeder.* Miller drückt mit dieser Redensart seine Verachtung für den Sekretär Wurm aus.

141 Obligation: aus dem Französischen für *Danksagung, eine höfliche Ehrerweisung: ich bin zu Dank verpflichtet* - hier aber mit einem ironischen, gekränkten Ton

142 Operment: aus dem Französ. (*opriment*) für *Arsen*, ein starkes Gift

143 Federfuchser: eine verächtliche Bezeichnung für einen Beamten bzw. Sekretär

144 konfiszierter: *verdächtig aussehender* widriger Kerl

145 Schleichhändler: *Schmuggler*

146 hineingeschachert: *hineingeschmuggelt*

147 für purem Gift: *aus purem Neid*

148 verhunzte: im Schwäbischen für *verdorben*

149 Schlingel: *Tunichtgut, Halunke, Gauner*

FRAU *spuckt aus, giftig.* Der Hund! – Aber man wird dirs Maul sauber halten[150].

MILLER. Du aber auch mit deinem pestilenzialischen[151] Junker[152] – Hast mich vorhin auch so in Harnisch gebracht[153] – Bist doch nie dummer, als wenn du um Gottes willen gescheit sein solltest. Was hat das Geträtsch[154] von einer gnädigen Madam und deiner Tochter da vorstellen sollen? Das ist mir der Alte[155]. Dem muß man so was an die Nase heften, wenns morgen am Marktbrunnen ausgeschellt sein soll[156]. Das ist just so ein Musje[157], wie sie in der Leute Häusern herumriechen, über Keller und Koch räsonnieren[158], und springt einem ein nasenweises[159] Wort übers Maul[160] – Bumbs! habens Fürst und Matress[161] und Präsident, und du hast das siedende Donnerwetter am Halse.

Dritte Szene

Luise Millerin kommt, ein Buch in der Hand. Vorige.

LUISE *legt das Buch nieder, geht zu Millern und druckt ihm die Hand.* Guten Morgen, lieber Vater.

MILLER *warm.* Brav, meine Luise – Freut mich, daß du so fleißig an deinen Schöpfer denkst. Bleib immer so, und sein Arm wird dich halten.

LUISE. O ich bin eine schwere Sünderin, Vater – War er da, Mutter?

FRAU. Wer, mein Kind?

LUISE. Ah! ich vergaß, daß es noch außer ihm Menschen gibt – Mein Kopf ist so wüste[162] – Er war nicht da? Walter?

MILLER *traurig und ernsthaft.* Ich dachte, meine Luise hätte den Namen in der Kirche gelassen?

150 Maul sauber halten: im Schwäbischen für *wird nichts bekommen*, hier bezogen auf Luise, die er nicht erhalten wird.

151 pestilenzialischen: *verfluchten*

152 Junker: gemeint ist Ferdinand

153 in Harnisch gebracht: *in Wut gebracht*

154 Geträtsch: *Getratsche*

155 der Alte: *der Richtige*

156 am Marktbrunnen ausgeschellt sein soll: Es war üblich, amtliche Bekanntmachungen auf dem Markt zu verlautbaren. Hierzu wurde mit Glockenläuten (Schelllen) gerufen.

157 Musje: *Mann, Herr*

158 räsonnieren: aus dem Französischen für *urteilen, nörgeln*

159 nasenweises: ironisch für *vorlaut, neugierig*

160 übers Maul: *aus dem Mund, aus dem Maul*

161 Matress: *Mätresse* - aus dem Französ. (*maitresse)* für *Herrin, Geliebte*

162 Mein Kopf ist so wüste: *Ich bin so verwirrt.*

LUISE *nachdem sie ihn eine Zeitlang starr angesehen.* Ich versteh Ihn[163], Vater – fühle das Messer, das Er in mein Gewissen stößt; aber es kommt zu spät. – Ich hab keine Andacht mehr, Vater – der Himmel und Ferdinand reißen an meiner blutenden Seele, und ich fürchte – ich fürchte – *Nach einer Pause.* Doch nein, guter Vater. Wenn wir ihn über dem Gemälde[164] vernachlässigen, findet sich ja der Künstler am feinsten[165] gelobt. – Wenn meine Freude über sein Meisterstück mich ihn selbst übersehen macht, Vater, muß das Gott nicht ergötzen?

MILLER *wirft sich unmutig in den Stuhl.* Da haben wirs! Das ist die Frucht von dem gottlosen Lesen[166].

LUISE *tritt unruhig an ein Fenster.* Wo er wohl jetzt ist? – Die vornehmen Fräulein, die ihn sehen – ihn hören – – ich bin ein schlechtes[167] vergessenes Mädchen. *Erschrickt an dem Wort und stürzt ihrem Vater zu.* Doch nein! nein! verzeih Er mir. Ich beweine mein Schicksal nicht. Ich will ja nur wenig – – an ihn denken – das kostet ja nichts. Dies bißchen Leben – dürft ich es hinhauchen in ein leises schmeichelndes Lüftchen, sein Gesicht abzukühlen! – Dies Blümchen Jugend – wär es ein Veilchen[168], und er träte drauf, und es dürfte bescheiden unter ihm sterben! – Damit genügte mir[169], Vater. Wenn die Mücke in ihren Strahlen sich sonnt – kann sie das strafen, die stolze majestätische Sonne?

MILLER *beugt sich gerührt an die Lehne des Stuhls und bedeckt das Gesicht.* Höre, Luise – das bissel Bodensatz meiner Jahre[170], ich gäb es hin, hättest du den Major nie gesehen.

LUISE *erschrocken.* Was sagt Er da? Was? – Nein! er meint es anders, der gute Vater. Er wird nicht wissen, daß Ferdinand mein ist, mir geschaffen, mir zur Freude vom Vater der Liebenden[171]. *Sie steht nachdenkend.* Als ich ihn das erstemal sah – Rascher. und mir das Blut in die Wangen stieg, froher jagten alle Pulse[172], jede Wallung sprach, jeder Atem lispelte[173]: Er ists, – und mein Herz den Immermangelnden erkannte, bekräftigte, Er ists, und wie das widerklang durch die ganze mitfreuende Welt. Damals – o damals ging in meiner Seele der erste Morgen auf. Tausend junge Gefühle schossen aus meinem Herzen, wie die Blumen aus dem Erdreich, wenns Frühling wird. Ich sah keine Welt mehr, und doch besinn ich mich, daß sie niemals so schön war. Ich wußte von keinem Gott mehr, und doch hatt ich ihn nie so geliebt.

---

163 Ihn ... Er etc.: Luise spricht ihren Vater in der ehrerweisenden Form der 3. Person an.

164 über dem Gemälde: *bei der Betrachtung des Gemäldes*

165 feinsten: *schönsten, besten*

166 dem gottlosen Lesen: gemeint ist das Lesen von Unterhaltungsliteratur, von Romanen

167 schlechtes: *schlichtes, einfaches*

168 ein Veilchen: Dahinter verbirgt sich eine Anspielung auf Goethes Gedicht „Das Veilchen“, das im Singspiel *Erwin und Elmire* (1775) zu finden ist.

169 Damit genügte mir: *Das genügt mir.*

170 bissel Bodensatz meiner Jahre: *den Rest meiner Zeit*

171 Vater der Liebenden: *Gott*

172 Pulse: *Pulsschläge*

173 lispelte: *leise reden, flüstern*

MILLER *eilt auf sie zu, drückt sie wider seine Brust.* Luise — teures — herrliches Kind — Nimm meinen alten mürben Kopf- nimm alles — alles! — den Major — Gott ist mein Zeuge — ich kann dir ihn nimmer geben. *Er geht ab.*

LUISE. Auch will ich ihn ja jetzt nicht, mein Vater. Dieser karge Tautropfe Zeit[174] — schon ein Traum von Ferdinand trinkt ihn wollüstig auf. Ich entsag ihm für dieses Leben. Dann, Mutter — dann, wenn die Schranken des Unterschieds einstürzen — wenn von uns abspringen all die verhaßte Hülsen des Standes[175] — Menschen nur Menschen sind — Ich bringe nichts mit mir als meine Unschuld, aber der Vater hat ja so oft gesagt, daß der Schmuck und die prächtigen Titel wohlfeil werden[176], wenn Gott kommt, und die Herzen im Preise steigen. Ich werde dann reich sein. Dort rechnet man Tränen für Triumphe, und schöne Gedanken für Ahnen an. Ich werde dann vornehm sein, Mutter — Was hätte er dann noch für[177] seinem Mädchen voraus?

FRAU *fährt in die Höhe.* Luise! Der Major! Er springt über die Planke[178]. Wo verberg ich mich doch?

LUISE *fängt an zu zittern.* Bleib Sie doch, Mutter!

FRAU. Mein Gott! Wie seh ich aus. Ich muß mich ja schämen. Ich darf mich nicht vor Seiner Gnaden so sehen lassen. *Ab.*

Vierte Szene

Ferdinand von Walter. Luise. Er fliegt auf sie zu — sie sinkt entfärbt und matt auf einen Sessel — er bleibt vor ihr stehn — sie sehen sich eine Zeitlang stillschweigend an. Pause.

FERDINAND. Du bist blaß, Luise?

LUISE *steht auf und fällt ihm um den Hals.* Es ist nichts. Nichts. Du bist ja da. Es ist vorüber.

FERDINAND *ihre Hand nehmend und zum Munde führend.* Und liebt mich meine Luise noch? Mein Herz ist das gestrige, ists auch das deine noch? Ich fliege nur her, will sehn, ob du heiter bist, und gehn und es auch sein — du bists nicht.

LUISE. Doch, doch, mein Geliebter.

FERDINAND. Rede mir[179] Wahrheit. Du bists nicht. Ich schaue durch deine Seele wie durch das klare Wasser dieses Brillanten. *Er zeigt auf seinen Ring.* Hier wirft sich kein

174 Dieser karge Tautropfe Zeit: Ein bildlicher Vergleich der Zeit mit einem kleinen Tautropfen.

175 Hülsen des Standes: *Zwänge* der gesellschaftlichen Rangordnung, die Unterschiede der Stände

176 wohlfeil werden: *günstig zu kaufen sind*

177 für: *vor*

178 Er springt über die Planke: Mit *Planke* ist der Name einer Mannheimer Hauptstraße gemeint. Planken (Bretter) überbrückten die Abwasserrinne, die über die Straße verlief.

179 Rede mir: *Sage mir*

Bläschen auf, das ich nicht merkte – kein Gedanke tritt in dies Angesicht, der mir entwischte. Was hast du? Geschwind! Weiß ich nur diesen Spiegel helle, so läuft keine Wolke über die Welt. Was bekümmert dich?

LUISE *sieht ihn eine Weile stumm und bedeutend an, dann mit Wehmut.* Ferdinand! Ferdinand! Daß du doch wüßtest, wie schön in dieser Sprache das bürgerliche Mädchen sich ausnimmt[180] –

FERDINAND. Was ist das? *Befremdet.* Mädchen! Höre! Wie kommst du auf das? – Du bist meine Luise! Wer sagt dir, daß du noch etwas sein solltest? Siehst du Falsche, auf welchem Kaltsinn[181] ich dir begegnen muß. Wärest du ganz nur Liebe für mich, wann hättest du Zeit gehabt, eine Vergleichung[182] zu machen? Wenn ich bei dir bin, zerschmilzt meine Vernunft in einen Blick – in einen Traum von dir, wenn ich weg bin, und du hast noch eine Klugheit[183] neben deiner Liebe? – Schäme dich! Jeder Augenblick, den du an diesen Kummer verlorst, war deinem Jüngling gestohlen.

LUISE *faßt seine Hand, indem sie den Kopf schüttelt.* Du willst mich einschläfern, Ferdinand – willst meine Augen von diesem Abgrund hinweglocken, in den ich ganz gewiß stürzen muß. Ich seh in die Zukunft – die Stimme des Ruhms – deine Entwürfe[184] – dein Vater – mein Nichts. *Erschrickt und läßt plötzlich seine Hand fahren.* Ferdinand! ein Dolch über dir und mir! – Man trennt uns!

FERDINAND. Trennt uns! *Er springt auf.* Woher bringst du diese Ahndung[185], Luise? Trennt uns? – Wer kann den Bund zwoer[186] Herzen lösen, oder die Töne eines Akkords auseinanderreißen? – Ich bin ein Edelmann – Laß doch sehen, ob mein Adelbrief[187] älter ist als der Riß[188] zum unendlichen Weltall? oder mein Wappen gültiger als die Handschrift des Himmels in Luisens Augen: Dieses Weib ist für diesen Mann? – Ich bin des Präsidenten Sohn. Eben darum. Wer, als die Liebe, kann mir die Flüche versüßen, die mir der Landeswucher[189] meines Vaters vermachen wird?

LUISE. O, wie sehr fürcht ich ihn – diesen Vater!

FERDINAND. Ich fürchte nichts – nichts – als die Grenzen deiner Liebe. Laß auch Hindernisse wie Gebürge[190] zwischen uns treten, ich will sie für[191] Treppen nehmen und drüber hin in Luisens Arme fliegen. Die Stürme des widrigen Schicksals sollen meine Empfindung emporblasen[192], Gefahren werden meine Luise nur reizender machen. – Also nichts mehr von Furcht, meine Liebe. Ich selbst – ich will über dir wachen wie

---

180 sich ausnimmt: *ausgeschlossen ist*

181 auf welchem Kaltsinn: *in welcher Kaltsinnigkeit*

182 eine Vergleichung: *einen Vergleich*

183 eine Klugheit: sie ist *klug, gescheit, vernunftbegabt*

184 Entwürfe: *Zukunftspläne*

185 Ahndung: *Ahnung*

186 zwoer: *zweier*

187 Adelbrief: Urkunde, mit der der Kaiser die Adelung bestätigte.

188 Riß: *Grundriss*

189 Landeswucher: Wucher im Sinne von Zinsen, Steuern und Abgaben – die Ausbeutung des Landes

190 Gebürge: *Gebirge*

191 für: *als*

192 emporblasen: *anfachen*

der Zauberdrach über unterirdischem Golde – Mir vertraue dich. Du brauchst keinen Engel mehr – Ich will mich zwischen dich und das Schicksal werfen – empfangen für dich jede Wunde – auffassen für dich jeden Tropfen aus dem Becher der Freude – dir ihn bringen in der Schale der Liebe. *Sie zärtlich umfassend.* An diesem Arm soll meine Luise durchs Leben hüpfen[193], schöner als er dich von sich ließ, soll der Himmel dich wieder haben und mit Verwunderung eingestehn, daß nur die Liebe die letzte Hand an die Seelen legte –

LUISE *drückt ihn von sich, in großer Bewegung.* Nichts mehr! Ich bitte dich, schweig! – Wüßtest du – Laß mich – du weißt nicht, daß deine Hoffnungen mein Herz wie Furien[194] anfallen. *Will fort.*

FERDINAND *hält sie auf.* Luise? Wie! Was! Welche Anwandlung[195]?

LUISE. Ich hatte diese Träume vergessen und war glücklich – Jetzt! Jetzt! Von heut an- der Friede meines Lebens ist aus – Wilde Wünsche – ich weiß es – werden in meinem Busen rasen. – Geh – Gott vergebe dirs – Du hast den Feuerbrand in mein junges friedsames Herz geworfen, und er wird nimmer, nimmer gelöscht werden. *Sie stürzt hinaus. Er folgt ihr sprachlos nach.*

Fünfte Szene

Saal beim Präsidenten. Der Präsident, ein Ordenskreuz um den Hals, einen Stern an der Seite, und Sekretär Wurm treten auf.

PRÄSIDENT. Ein ernsthaftes Attachement[196]! Mein Sohn? – Nein, Wurm, das macht Er mich nimmermehr glauben.

WURM. Ihro Exzellenz haben die Gnade, mir den Beweis zu befehlen.

PRÄSIDENT. Daß er der Bürgerkanaille[197] den Hof macht – Flatterien[198] sagt – auch meinetwegen Empfindungen vorplaudert – Das sind lauter Sachen, die ich möglich finde – verzeihlich finde – aber – und noch gar die Tochter eines Musikus, sagt Er?

WURM. Musikmeister Millers Tochter.

PRÄSIDENT. Hübsch? – Zwar das versteht sich.

WURM *lebhaft.* Das schönste Exemplar einer Blondine, die, nicht zuviel gesagt, neben den ersten Schönheiten des Hofes noch Figur machen würde[199].

193 hüpfen: *leichtfüßig gehen, schweben*

194 Furien: sind in der griechischen Mythologie die *Rachegöttinnen.*

195 Anwandlung: *ungewöhnliche Gemütsveränderung*

196 Attachement: französisch für *Liebesverhältnis, Beziehung*

197 Bürgerkanaille: *Kanaille* aus dem Französ. abwertend für *Gesindel,* hier *Bürgergesindel, Bürgerpack*

198 Flatterien: aus dem Französischen (*flatterie*) für *Schmeicheleien*

199 noch Figur machen würde: *sich sehen lassen kann*

PRÄSIDENT *lacht.* Er sagt mir, Wurm – Er habe ein Aug auf das Ding – das find ich. Aber sieht Er, mein lieber Wurm – daß mein Sohn Gefühl für das Frauenzimmer[200] hat, macht mir Hoffnung, daß ihn die Damen nicht hassen werden. Er kann bei Hof etwas durchsetzen. Das Mädchen ist schön, sagt Er, das gefällt mir an meinem Sohn, daß er Geschmack hat. Spiegelt er der Närrin solide Absichten vor? Noch besser – so seh ich, daß er Witz genug hat, in seinen Beutel zu lügen[201]. Er kann Präsident werden. Setzt er es noch dazu durch? Herrlich! das zeigt mir an, daß er Glück hat. – Schließt sich die Farce[202] mit einem gesunden Enkel – Unvergleichlich! so trink ich auf die guten Aspekten[203] meines Stammbaums ein Bouteille Malaga[204] mehr, und bezahle die Skortationsstrafe[205] für seine Dirne.

WURM. Alles, was ich wünsche, Ihr' Exzellenz, ist, daß Sie nicht nötig haben möchten, diese Bouteille zu Ihrer Zerstreuung zu trinken.

PRÄSIDENT *ernsthaft.* Wurm, besinn Er sich, daß ich, wenn ich einmal glaube, hartnäckig glaube, rase, wenn ich zürne – Ich will einen Spaß daraus machen, daß Er mich aufhetzen wollte. Daß Er sich seinen Nebenbuhler gern vom Hals geschafft hätte, glaub ich Ihm herzlich gern. Da Er meinen Sohn bei dem Mädchen auszustechen Mühe haben möchte, soll Ihm der Vater zur Fliegenklatsche dienen, das find ich wieder begreiflich – und daß Er einen so herrlichen Ansatz zum Schelmen hat, entzückt mich sogar – Nur, mein lieber Wurm, muß Er mich nicht mitprellen[206] wollen. – Nur, versteht Er mich, muß Er den Pfiff[207] nicht bis zum Einbruch[208] in meine Grundsätze treiben.

WURM. Ihro Exzellenz verzeihen. Wenn auch wirklich – wie Sie argwohnen – die Eifersucht hier im Spiel sein sollte, so wäre sie es wenigstens nur mit den Augen und nicht mit der Zunge.

PRÄSIDENT. Und ich dächte, sie bliebe ganz weg. Dummer Teufel, was verschlägt es denn[209] Ihm, ob Er die Karolin[210] frisch aus der Münze[211] oder vom Bankier bekommt. Tröst Er sich mit dem hiesigen Adel;- Wissentlich oder nicht – bei uns wird selten eine

200 Frauenzimmer: Bezeichnet im 18. Jahrhundert die gesamte Umgebung einer Frau, sie selbst eingeschlossen.

201 in seinen Beutel zu lügen: *sich durch Lügen Geld zu sparen*

202 Farce: aus dem Französischen für ein *derbes, komisches Schauspiel, eine Posse*

203 guten Aspekten: die *günstige Konstellation der Gestirne* in der Astrologie

204 Bouteille Malaga: *Flasche Malaga*, ein süßer Wein aus der spanischen Stadt Malaga

205 Skortationsstrafe: bezeichnet eine Geldstrafe für Prostituierte für gewerbsmäßige Unzucht. Hier wird mit dem Begriff aber das sogenannte *Kranzgeld* bezeichnet, eine Entschädigung oder auch Strafe für die Entjungferung eines jungen Mädchens.

206 mitprellen: *auch betrügen*

207 Pfiff: *schlauer Streich*

208 Einbruch: *Umsturz*

209 was verschlägt es denn: *was schert (interessiert) es denn*

210 Karolin: eine *Goldmünze* aus der Pfalz

211 Münze: *Münzprägerei*

Mariage[212] geschlossen, wo nicht wenigstens ein halb Dutzend der Gäste – oder der Aufwärter[213] – das Paradies des Bräutigams geometrisch ermessen kann[214].

WURM *verbeugt sich.* Ich mache hier gern den Bürgersmann[215], gnädiger Herr.

PRÄSIDENT. Überdies kann Er mit nächstem[216] die Freude haben, seinem Nebenbuhler den Spott auf die schönste Art heimzugeben[217]. Eben jetzt liegt der Anschlag[218] im Kabinett[219], daß, auf die[220] Ankunft der neuen Herzogin, Lady Milford zum Schein den Abschied erhalten und, den Betrug vollkommen zu machen, eine Verbindung eingehen soll. Er weiß, Wurm, wie sehr sich mein Ansehen auf den Einfluß der Lady stützt – wie überhaupt meine mächtigsten Springfedern[221] in die Wallungen des Fürsten hineinspielen. Der Herzog sucht eine Partie[222] für die Milford. Ein anderer kann sich melden – den Kauf schließen, mit der Dame das Vertrauen des Fürsten anreißen[223], sich ihm unentbehrlich machen – Damit nun der Fürst im Netz meiner Familie bleibe, soll mein Ferdinand die Milford heuraten[224] – – Ist Ihm das helle[225]?

WURM. Daß mich die Augen beißen[226] – – Wenigstens bewies der Präsident hier, daß der Vater[227] nur ein Anfänger gegen ihn ist. Wenn der Major Ihnen ebenso den gehorsamen Sohn zeigt, als Sie ihm den zärtlichen Vater, so dörfte[228] Ihre Anfoderung[229] mit Protest zurückkommen[230].

PRÄSIDENT. Zum Glück war mir noch nie für die Ausführung eines Entwurfes[231] bang, wo ich mich mit einem: Es soll so sein, einstellen konnte. – Aber seh Er nun, Wurm, das hat uns wieder auf den vorigen Punkt geleitet. Ich kündige meinem Sohn noch diesen Vormittag seine Vermählung an. Das Gesicht, das er mir zeigen wird, soll Seinen Argwohn entweder rechtfertigen oder ganz widerlegen.

WURM. Gnädiger Herr, ich bitte sehr um Vergebung. Das finstre Gesicht, das er Ihnen ganz zuverlässig zeigt, läßt sich ebensogut auf die Rechnung der Braut schreiben, die

---

212 Mariage: französ. für *Hochzeit, Eheschließung*

213 Aufwärter: *Diener*, der Speisen auftischt (*Kellner*)

214 Paradies des Bräutigams geometrisch ermessen kann: *den Körper der Braut genau kennt*

215 Bürgersmann: Entgegen zum Adel hatten Bürgerliche die Auffassung, dass die Braut bei der Eheschließung unberührt sein sollte.

216 mit nächstem: *demnächst*

217 heimzugeben: *zurückzugeben*

218 Anschlag: *Plan*

219 Kabinett: *Ministerrat*

220 auf die: *bis zur*

221 Springfedern: *Sprungfedern*, hier bildhaft für *Pläne*

222 Partie: *eine gute „Partie", eine gute Heirat*

223 anreißen: *an sich reißen*

224 heuraten: *heiraten*

225 helle: *klar, verständlich, deutlich genug*

226 beißen: als fortgeführtes Wortspiel in der Bedeutung von *wehtun*

227 Vater: der Präsident als Vater

228 dörfte: *dürfte*

229 Anfoderung: *Forderung*

230 zurückkommen: *abgelehnt werden*

231 Entwurfes: *Planes*

Sie ihm zuführen, als derjenigen, die Sie ihm nehmen. Ich ersuche Sie um eine schärfere Probe. Wählen Sie ihm die untadeligste Partie im Land, und sagt er ja, so lassen Sie den Sekretär Wurm drei Jahre Kugeln schleifen[232].

PRÄSIDENT *beißt die Lippen.* Teufel!

WURM. Es ist nicht anders. Die Mutter – die Dummheit selbst – hat mir in der Einfalt zuviel geplaudert.

PRÄSIDENT *geht auf und nieder, preßt seinen Zorn zurück.* Gut! Diesen Morgen noch.

WURM. Nur vergessen Euer Exzellenz nicht, daß der Major – der Sohn meines Herrn ist.

PRÄSIDENT. Er soll geschont werden, Wurm.

WURM. Und daß der Dienst, Ihnen von einer unwillkommenen Schwiegertochter zu helfen –

PRÄSIDENT. Den Gegendienst wert ist, Ihm zu einer Frau zu helfen? – Auch das, Wurm.

WURM *bückt sich vergnügt.* Ewig der Ihrige, gnädiger Herr. *Er will gehen.*

PRÄSIDENT. Was ich Ihm vorhin vertraut habe, Wurm *Drohend.* Wenn Er plaudert –

WURM *lacht.* So zeigen Ihr' Exzellenz meine falschen Handschriften[233] auf. *Er geht ab.*

PRÄSIDENT. Zwar du bist mir gewiß. Ich halte dich an deiner eigenen Schurkerei, wie den Schröter am Faden[234]!

EIN KAMMERDIENER *tritt herein.* Hofmarschall von Kalb –

PRÄSIDENT. Kommt, wie gerufen. – Er soll mir angenehm sein.

Kammerdiener geht.

Sechste Szene

Hofmarschall von Kalb, in einem reichen, aber geschmacklosen Hofkleid, mit Kammerherrnschlüsseln[235], zwei Uhren und einem Degen, Chapeau-bas[236] und frisiert à la Hérisson[237]. Er fliegt mit großem Gekreisch auf den Präsidenten zu und breitet einen Bisamgeruch[238] über das ganze Parterre[239]. Präsident.

---

232 Kugeln schleifen: als Eingekerkerter *Kugeln nachziehen (Fussfesseln).*

233 falsche Handschriften: die *gefälschten Schriftstücke,* die zum Sturz des Vorgängers von von Walter führten.

234 Schröter am Faden: *Schröter* ist eine volkstümliche Bezeichnung für den *Hirschkäfer.* Kinder ließen die Käfer aus Spaß an einem Faden auf und ablaufen. – Bedeutung hier: er hat ihn *fest in der Hand*

235 Kammerherrnschlüsseln: Symbol für das Amt des Hofmarschalles als Verwalter des Hofes, der die „Schlüsselgewalt" inne hat.

236 Chapeau-bas: französ. ein *flacher, dreispitziger Hut,* der zumeist unter dem Arm getragen wurde.

237 à la Hérisson: französ. für *nach Igelart,* eine Modefrisur der damaligen Zeit. Das Haar war gepudert und beidseitig hochgesteckt.

238 Bisamgeruch: *Moschusgeruch.* Bei der Parfümherstellung wird hierbei eine Drüsenabsonderung des Moschusochsen verwendet.

239 ganze Parterre: *den ganzen (Zuschauer-)Raum*

HOFMARSCHALL *ihn umarmend.* Ah guten Morgen, mein Bester! Wie geruht? Wie geschlafen? – Sie verzeihen doch, daß ich so spät das Vergnügen habe – dringende Geschäfte – der Küchenzettel[240] – Visitenbilletts[241] – das Arrangement der Partien[242] auf die heutige Schlittenfahrt – Ah – und denn mußt ich ja auch bei dem Lever[243] zugegen sein, und Seiner Durchleucht[244] das Wetter verkündigen.

PRÄSIDENT. Ja, Marschall. Da haben Sie freilich nicht abkommen[245] können.

HOFMARSCHALL. Obendrein hat mich ein Schelm von Schneider noch sitzen lassen.

PRÄSIDENT. Und doch fix und fertig?

HOFMARSCHALL. Das ist noch nicht alles. – Ein Malheur[246] jagt heut das andere. Hören Sie nur.

PRÄSIDENT *zerstreut.* Ist das möglich?

HOFMARSCHALL. Hören Sie nur. Ich steige kaum aus dem Wagen, so werden die Hengste scheu, stampfen und schlagen aus, daß mir – ich bitte Sie! – der Gassenkot über und über an die Beinkleider sprützt[247]. Was anzufangen? Setzen Sie sich um Gottes willen in meine Lage, Baron. Da stand ich. Spät war es. Eine Tagreise ist es – und in dem Aufzug vor Seine Durchleucht! Gott der Gerechte! – Was fällt mir bei? Ich fingiere[248] eine Ohnmacht. Man bringt mich über Hals und Kopf in die Kutsche. Ich in voller Karriere[249] nach Haus – wechsle die Kleider – fahre zurück – Was sagen Sie? – und bin noch der erste in der Antichambre[250] – Was denken Sie?

PRÄSIDENT. Ein herrliches Impromptu[251] des menschlichen Witzes – Doch das beiseite, Kalb – Sie sprachen also schon mit dem Herzog?

HOFMARSCHALL *wichtig.* Zwanzig Minuten und eine halbe.

PRÄSIDENT. Das gesteh ich! – und wissen mir also ohne Zweifel eine wichtige Neuigkeit?

HOFMARSCHALL *ernsthaft nach einigem Stillschweigen.* Seine Durchleucht haben heute einen Merde d'Oye-Biber[252] an.

PRÄSIDENT. Man denke – Nein, Marschall, so hab ich doch eine bessere Zeitung[253] für Sie – daß Lady Milford Majorin von Walter wird, ist Ihnen gewiß etwas Neues?

---

240 Küchenzettel: *Speisefolge* für die Tafel des Fürsten

241 Visitenbiletts: *Karten zur Ankündigung* der Höflichkeitsbesuche und Audienzen

242 Arrangement der Partien: die *Sitzordnung* in den Schlitten bei der Ausfahrt des Fürsten

243 Lever: französ. das *Morgenzeremoniell* des Fürsten nach dem Aufstehen

244 Durchleucht: *Durchlaucht* als Anrede des Fürsten

245 abkommen: *wegkommen*

246 Malheur: französ. für *Unglück, Missgeschick*

247 sprützt: *spritzt*

248 fingiere: *täusche vor*

249 Karriere: schnellste Gangart der Pferde

250 Antichambre: französ. für *Vorzimmer zum Schlafgemach des Fürsten*

251 Impromptu: französ. für *Improvisation*

252 Merde d'Oye-Biber: Rock, der aus einem dem Biberpelz ähnlichen, langhaarigen Wollstoff besteht. Er hat die Farbe von Gänsekot, damals die neueste Mode.

253 Zeitung: *Nachricht*

HOFMARSCHALL. Denken Sie! – Und das ist schon richtig gemacht[254]?

PRÄSIDENT. Unterschrieben, Marschall – und Sie verbinden mich, wenn Sie ohne Aufschub dahin gehen, die Lady auf seinen Besuch präparieren[255], und den Entschluß meines Ferdinands in der ganzen Residenz bekanntmachen.

HOFMARSCHALL *entzückt.* O mit tausend Freuden, mein Bester – Was kann mir erwünschter kommen? – Ich fliege sogleich – *Umarmt ihn.* Leben Sie wohl – In dreiviertel Stunden weiß es die ganze Stadt. *Hüpft hinaus.*

PRÄSIDENT *lacht dem Marschall nach.* Man sage noch, daß diese Geschöpfe in der Welt zu nichts taugen – – Nun muß ja mein Ferdinand wollen, oder die ganze Stadt hat gelogen. *Klingelt. – Wurm kommt.* Mein Sohn soll hereinkommen. *Wurm geht ab. Der Präsident auf und nieder, gedankenvoll.*

Siebente Szene

Ferdinand. Der Präsident. Wurm, welcher gleich abgeht.

FERDINAND. Sie haben befohlen, gnädiger Herr Vater –

PRÄSIDENT. Leider muß ich das, wenn ich meines Sohns einmal froh werden will – Laß Er uns allein, Wurm. – Ferdinand, ich beobachte dich schon eine Zeit lang und finde die offene rasche Jugend nicht mehr, die mich sonst so entzückt hat. Ein seltsamer Gram brütet auf deinem Gesicht – Du fliehst mich – Du fliehst deine Zirkel[256] – Pfui! – Deinen Jahren verzeiht man zehn Ausschweifungen vor einer einzigen Grille[257]. Überlaß diese mir, lieber Sohn. Mich laß an deinem Glück arbeiten, und denke auf nichts[258], als in meine Entwürfe zu spielen[259]. – Komm! Umarme mich, Ferdinand.

FERDINAND. Sie sind heute sehr gnädig, mein Vater.

PRÄSIDENT. Heute, du Schalk[260] – und dieses Heute noch mit der herben Grimasse[261]? *Ernsthaft.* Ferdinand! – Wem zulieb hab ich die gefährliche Bahn zum Herzen des Fürsten betreten? Wem zulieb bin ich auf ewig mit meinem Gewissen und dem Himmel zerfallen? – Höre, Ferdinand – (Ich spreche mit meinem Sohn) – Wem hab ich durch die Hinwegräumung meines Vorgängers Platz gemacht – eine Geschichte, die desto blu-

---

254 richtig gemacht: *abgemacht*

255 präparieren: *vorbereiten*

256 Zirkel: (gesellschaftlicher) *Kreis*

257 Grille: *seltsamer Einfall, Idee*

258 denke auf nichts: *denke an nichts, hör auf nachzudenken*

259 zu spielen: *zu fügen, einzuschlagen*

260 Schalk: *Schelm*

261 herben Grimasse: *häßlicher Gesichtsausdruck*

tiger in mein Inwendiges schneidet, je sorgfältiger ich das Messer[262] der Welt verberge. Höre. Sage mir, Ferdinand: Wem tat ich dies alles?

FERDINAND *tritt mit Schrecken zurück.* Doch mir nicht, mein Vater? Doch auf mich soll der blutige Widerschein dieses Frevels nicht fallen? Beim allmächtigen Gott! Es ist besser, gar nicht geboren sein, als dieser Missetat zur Ausrede dienen.

PRÄSIDENT. Was war das? Was? Doch! ich will es dem Romanenkopfe[263] zugut halten – Ferdinand – ich will mich nicht erhitzen, vorlauter Knabe – Lohnst du mir also für meine schlaflosen Nächte? Also für meine rastlose Sorge? Also für den ewigen Skorpion[264] meines Gewissens? – Auf mich fällt die Last der Verantwortung – auf mich der Fluch, der Donner des Richters – Du empfängst dein Glück von der zweiten Hand – das Verbrechen klebt nicht am Erbe.

FERDINAND *streckt die rechte Hand gen Himmel.* Feierlich entsag ich hier einem Erbe, das mich nur an einen abscheulichen Vater erinnert.

PRÄSIDENT. Höre, junger Mensch, bringe mich nicht auf. – Wenn es nach deinem Kopfe ginge, du kröchest dein Leben lang im Staube.

FERDINAND. O, immer noch besser, Vater, als ich kröch um den Thron herum.

PRÄSIDENT *verbeißt seinen Zorn.* Hum! – Zwingen muß man dich, dein Glück zu erkennen. Wo zehn andre mit aller Anstrengung nicht hinaufklimmen, wirst du spielend, im Schlafe gehoben. Du bist im zwölften Jahre Fähndrich[265]. Im zwanzigsten Major. Ich hab es durchgesetzt beim Fürsten. Du wirst die Uniform ausziehen, und in das Ministerium eintreten. Der Fürst sprach vom Geheimenrat[266] – Gesandtschaften – außerordentlichen Gnaden. Eine herrliche Aussicht dehnt sich vor dir. – Die ebene Straße zunächst nach[267] dem Throne – zum Throne selbst, wenn anders die Gewalt soviel wert ist als ihre Zeichen – das begeistert dich nicht?

FERDINAND. Weil meine Begriffe von Größe und Glück nicht ganz die Ihrigen sind – Ihre Glückseligkeit macht sich nur selten anders als durch Verderben bekannt. Neid, Furcht, Verwünschung sind die traurigen Spiegel, worin sich die Hoheit eines Herrschers belächelt. – Tränen, Flüche, Verzweiflung die entsetzliche Mahlzeit, woran diese gepriesenen Glücklichen schwelgen, von der sie betrunken aufstehen, und so in die Ewigkeit vor den Thron Gottes taumeln – Mein Ideal von Glück zieht sich genügsamer in mich selbst zurück. In meinem Herzen liegen alle meine Wünsche begraben. –

PRÄSIDENT. Meisterhaft! Unverbesserlich! Herrlich! Nach dreißig Jahren die erste Vorlesung wieder! – Schade nur, daß mein fünfzigjähriger Kopf zu zäh für das Lernen ist! – Doch – dies seltne Talent nicht einrosten zu lassen, will ich dir jemand an die Seite geben, bei dem du dich in dieser buntscheckigen Tollheit nach Wunsch exerzieren[268] kannst. – Du wirst dich entschließen – noch heute entschließen – eine Frau zu nehmen.

262 Messer: eine bildhafte Anspielung für den von ihm begangenen Rufmord an seinem Vorgänger

263 Romanenkopfe: *Kopf voller Romane*

264 Skorpion: bildhaft für *Stachel, Widerhaken*

265 Fähndrich: *Fähnrich,* damals der jüngste Offizier im Infanterieregiment

266 Geheimenrat: *Geheimrat,* ein Ministerposten, Berater des Fürsten

267 zunächst nach: *in unmittelbarer Nähe zum* (Thron)

268 exerzieren: *austoben*

FERDINAND *tritt bestürzt zurück.* Mein Vater?

PRÄSIDENT. Ohne Komplimente[269] – Ich habe der Lady Milford in deinem Namen eine Charte[270] geschickt. Du wirst dich ohne Aufschub bequemen, dahin zu gehen und ihr zu sagen, daß du ihr Bräutigam bist.

FERDINAND. Der Milford, mein Vater?

PRÄSIDENT. Wenn sie dir bekannt ist –

FERDINAND *außer Fassung.* Welcher Schandsäule[271] im Herzogtum ist sie das nicht! – Aber ich bin wohl lächerlich, lieber Vater, daß ich Ihre Laune für Ernst aufnehme? Würden Sie Vater zu dem Schurken Sohne sein wollen, der eine privilegierte Buhlerin[272] heuratete?

PRÄSIDENT. Noch mehr. Ich würde selbst um sie werben, wenn sie einen Fünfziger möchte – Würdest du zu dem Schurken Vater nicht Sohn sein wollen?

FERDINAND. Nein! So wahr Gott lebt!

PRÄSIDENT. Eine Frechheit, bei meiner Ehre! die ich ihrer Seltenheit wegen vergebe –

FERDINAND. Ich bitte Sie, Vater! lassen Sie mich nicht länger in einer Vermutung, wo es mir unerträglich wird, mich Ihren Sohn zu nennen.

PRÄSIDENT. Junge, bist du toll? Welcher Mensch von Vernunft würde nicht nach der Distinktion geizen[273], mit seinem Landesherrn an einem dritten Orte zu wechseln[274]?

FERDINAND. Sie werden mir zum Rätsel, mein Vater. Distinktion nennen Sie es – Distinktion, da mit dem Fürsten zu teilen, wo er auch unter den Menschen hinunterkriecht[275]?

Präsident schlägt ein Gelächter auf[276].

FERDINAND. Sie können lachen – und ich will über das hinweggehen, Vater. Mit welchem Gesicht soll ich vor den schlechtesten Handwerker treten, der mit seiner Frau wenigstens doch einen ganzen Körper zum[277] Mitgift bekommt? Mit welchem Gesicht vor die Welt? Vor den Fürsten? Mit welchem vor die Buhlerin selbst, die den Brandflecken ihrer Ehre in meiner Schande auswaschen würde?

PRÄSIDENT. Wo in aller Welt bringst du das Maul her, Junge?

FERDINAND. Ich beschwöre Sie bei Himmel und Erde! Vater, Sie können durch diese Hinwerfung Ihres einzigen Sohnes so glücklich nicht werden, als Sie ihn unglücklich machen. Ich gebe Ihnen mein Leben, wenn das Sie steigen machen kann[278]. Mein Le-

---

269 Komplimente: *Freundlichkeiten*

270 Charte: aus dem Französ. *(carte)* für *Karte*

271 Schandsäule: *Pranger, Schandpfahl.* Hier wurden Übeltäter und besonders Frauen mit moralischen Verwerfungen angekettet und öffentlich vorgeführt.

272 privilegierte Buhlerin: abwertende Anspielung auf die privilegierte Geliebte des Fürsten

273 nach der Distinktion geizen: *nach dieser Auszeichnung greifen.* Aus dem Französischen *distinction* für *Auszeichnung.*

274 an einem dritten Orte zu wechseln: *sie sich mit dem Fürsten im Bett teilen, sich mit ihm abzuwechseln*

275 unter den Menschen hinunterkriecht: *nur seinen körperlichen Begierden folgt*

276 schlägt auf: *schlägt an*

277 zum: *als*

278 steigen machen kann: *aufsteigen lassen kann*

ben hab ich von Ihnen, ich werde keinen Augenblick anstehen, es ganz Ihrer Größe zu opfern. – Meine Ehre, Vater – wenn Sie mir diese nehmen, so war es ein leichtfertiges Schelmenstück, mir das Leben zu geben, und ich muß den Vater wie den Kuppler verfluchen.

PRÄSIDENT *freundlich, indem er ihn auf die Achsel klopft.* Brav, lieber Sohn. Jetzt seh ich, daß du ein ganzer Kerl bist, und der besten Frau im Herzogtum würdig. – Sie soll dir werden[279] – Noch diesen Mittag wirst du dich mit der Gräfin von Ostheim[280] verloben.

FERDINAND *aufs neue betreten.* Ist diese Stunde bestimmt, mich ganz zu zerschmettern?

PRÄSIDENT *einen laurenden[281] Blick auf ihn werfend.* Wo doch hoffentlich deine Ehre nichts einwenden wird?

FERDINAND. Nein, mein Vater. Friederike von Ostheim könnte jeden andern zum Glücklichsten machen. *Vor sich, in höchster Verwirrung.* Was seine Bosheit an meinem Herzen noch ganz ließ, zerreißt seine Gute.

PRÄSIDENT *noch immer kein Aug von ihm wendend.* Ich warte auf deine Dankbarkeit, Ferdinand –

FERDINAND *stürzt auf ihn zu und küßt ihm feurig die Hand.* Vater! Ihre Gnade entflammt meine ganze Empfindung – Vater! meinen heißesten Dank für Ihre herzliche Meinung – Ihre Wahl ist untadelhaft – aber – ich kann – ich darf – Bedauern Sie mich – Ich kann die Gräfin nicht lieben.

PRÄSIDENT *tritt einen Schritt zurück.* Holla! Jetzt hab ich den jungen Herrn. Also in diese Falle ging er, der listige Heuchler – Also es war nicht die Ehre, die dir die Lady verbot? – Es war nicht die Person, sondern die Heurat, die du verabscheutest?

Ferdinand steht zuerst wie versteinert, dann fährt er auf und will fortrennen.

PRÄSIDENT. Wohin? Halt! Ist das der Respekt, den du mir schuldig bist? *Der Major kehrt zurück.* Du bist bei der Lady gemeldet. Der Fürst hat mein Wort. Stadt und Hof wissen es richtig. – Wenn du mich zum Lügner machst, Junge – vor dem Fürsten – der Lady – der Stadt – dem Hof mich zum Lügner machst – Höre, Junge – oder wenn ich hinter gewisse Historien[282] komme! – Halt! Holla! Was bläst so auf einmal das Feuer in deinen Wangen aus?

FERDINAND *schneeblaß und zitternd.* Wie? Was? Es ist gewiß nichts, mein Vater!

PRÄSIDENT *einen fürchterlichen Blick auf ihn heftend.* Und wenn es was ist – und wenn ich die Spur finden sollte, woher diese Widersetzlichkeit stammt? – – Ha, Junge! der bloße Verdacht schon bringt mich zum Rasen. Geh den Augenblick. Die Wachparade[283]

---

279 dir werden: *dir gehören*

280 Gräfin von Ostheim: Eleonore von Ostheim wurde aus reinen standesrechtlichen Gründen mit dem älteren Kammerpräsidenten von Kalb verheiratet. Die Ostheim war eine Verwandte von Henriette von Wolzogen, die Schiller während seiner Flucht Asyl in Bauerbach (Thüringen) bot. Indem der Präsident seinem Sohn die Ostheim zur Hochzeit anbietet, offenbart Ferdinand seine wahren Gründe, die Hochzeit mit der Milford aus Liebe zu Luise abzulehnen. Damit wurde sein Argument, diese Hochzeit würde seine Ehre verletzen, als Vorwand enttarnt.

281 laurenden: *lauernden*

282 Historien: *Liebesabenteuer, Geschichten*

283 Wachparade: Truppenaufzug, *Ablösung der Wachposten* vor dem Schloss

fängt an. Du wirst bei der Lady sein, sobald die Parole[284] gegeben ist – Wenn ich auftrete, zittert ein Herzogtum. Laß doch sehen, ob mich ein Starrkopf von Sohn meistert. *Er geht und kommt noch einmal wieder.* Junge, ich sage dir, du wirst dort sein, oder fliehe meinen Zorn. *Er geht ab.*

FERDINAND *erwacht aus einer dumpfen Betäubung.* Ist er weg? War das eines Vaters Stimme? – Ja, ich will zu ihr – will hin – will ihr Dinge sagen, will ihr einen Spiegel vorhalten – Nichtswürdige! und wenn du auch noch dann meine Hand verlangst – Im Angesicht des versammelten Adels, des Militärs und des Volks – Umgürte dich mit dem ganzen Stolz deines Englands – Ich verwerfe dich – ein teutscher Jüngling! *Er eilt hinaus.*

284 Parole: Das tägliche neu vergebene *Kennwort*, das zum freien Passieren der Wache notwendig war.

Zweiter Akt

Ein Saal im Palais der Lady Milford; zur rechten Hand steht ein Sofa, zur linken ein Flügel.

Erste Szene

Lady in einem freien, aber reizenden Negligé[285], die Haare noch unfrisiert, sitzt vor dem Flügel und phantasiert[286]; Sophie, die Kammerjungfer, kommt von dem Fenster.

SOPHIE. Die Offiziers[287] gehen auseinander. Die Wachparade ist aus – aber ich sehe noch keinen Walter.

LADY *sehr unruhig, indem sie aufsteht und einen Gang durch den Saal macht.* Ich weiß nicht, wie ich mich heute finde[288], Sophie – Ich bin noch nie so gewesen – Also du sahst ihn gar nicht? – Freilich wohl – Es wird ihm nicht eilen – Wie ein Verbrechen liegt es auf meiner Brust – Geh, Sophie – Man soll mir den wildesten Renner herausführen, der im Marstall[289] ist. Ich muß ins Freie – Menschen sehen und blauen Himmel, und mich leichter reiten ums Herz herum[290].

SOPHIE. Wenn Sie sich unpäßlich[291] fühlen, Mylady – berufen Sie Assemblee[292] hier zusammen. Lassen Sie den Herzog hier Tafel halten oder die l'Hombretische[293] vor Ihren Sofa setzen. Mir sollte der Fürst und sein ganzer Hof zu Gebote stehn, und eine Grille im Kopfe surren?

LADY *wirft sich in den Sofa.* Ich bitte, verschone mich. Ich gebe dir einen Demant[294] für jede Stunde, wo ich sie mir vom Hals schaffen kann. Soll ich meine Zimmer mit diesem Volk tapezieren? – Das sind schlechte, erbärmliche Menschen, die sich entsetzen, wenn mir ein warmes, herzliches Wort entwischt, Mund und Nasen aufreißen, als sähen sie einen Geist – Sklaven eines einzigen Marionettendrahts[295], den ich leichter als mein Filet[296] regiere. – Was fang ich mit Leuten an, deren Seelen so gleich als[297] ihre Sackuh-

---

285 Negligé: ein lässiges, anmutiges *Hausgewand*, ein *Morgenrock*

286 phantasiert: *improvisiert*, ein freies Spiel

287 Offiziers: *Offiziere*

288 finde: *fühle*

289 Marstall: *der fürstliche Pferdestall*

290 mich leichter reiten ums Herz herum: *frei ums Herz werden*

291 unpäßlich: *unwohl*

292 Assemblee: französ. für *die Gesellschaft, Versammlung*

293 l'Hombretische: *Kartenspiel* für drei Personen, das aus Spanien stammt.

294 Demant: *Diamant*

295 Marionettendrahts: Faden, an dem Marionetten bewegt werden.

296 Filet: französ. für *Faden, feine Handarbeit*

297 gleich als: *wie*

ren[298] gehen? Kann ich eine Freude dran finden, sie was zu fragen, wenn ich voraus weiß, was sie mir antworten werden? Oder Worte mit ihnen wechseln, wenn sie das Herz nicht haben, andrer Meinung als ich zu sein? – Weg mit ihnen! Es ist verdrüßlich, ein Roß zu reiten, das nicht auch in den Zügel beißt[299]. *Sie tritt zum Fenster.*

SOPHIE. Aber den Fürsten werden Sie doch ausnehmen, Lady? Den schönsten Mann – den feurigsten Liebhaber – den witzigsten Kopf in seinem ganzen Lande!

LADY *kommt zurück.* Denn es ist sein Land – und nur ein Fürstentum, Sophie, kann meinem Geschmack zur erträglichen Ausrede dienen – Du sagst, man beneide mich. Armes Ding! Beklagen soll man mich vielmehr. Unter allen, die an den Brüsten der Majestät trinken, kommt die Favoritin am schlechtesten weg, weil sie allein dem großen und reichen Mann auf dem Bettelstabe begegnet. – Wahr ists, er kann mit dem Talisman[300] seiner Größe jeden Gelust[301] meines Herzens wie ein Feenschloß aus der Erde rufen. – Er setzt den Saft von zwei Indien[302] auf die Tafel – ruft Paradiese aus Wildnissen[303] – läßt die Quellen seines Landes in stolzen Bögen gen Himmel springen, oder das Mark seiner Untertanen in einem Feuerwerk hinpuffen – – Aber kann er auch seinem Herzen befehlen, gegen ein großes, feuriges Herz groß und feurig zu schlagen? Kann er sein darbendes Gehirn auf ein einziges schönes Gefühl exequieren[304]? – Mein Herz hungert bei all dem Vollauf[305] der Sinne, und was helfen mich[306] tausend beßre Empfindungen[307], wo ich nur Wallungen löschen darf?

SOPHIE *blickt sie verwundernd an.* Wie lang ist es denn aber, daß ich Ihnen diene, Mylady?

LADY. Weil du erst heute mit mir bekannt wirst? – Es ist wahr, liebe Sophie – ich habe dem Fürsten meine Ehre verkauft, aber mein Herz habe ich frei behalten – ein Herz, meine Gute, das vielleicht eines Mannes noch wert ist – über welches der giftige Wind des Hofes nur wie der Hauch über den Spiegel ging – Trau es mir zu, meine Liebe, daß ich es längst gegen diesen armseligen Fürsten behauptet hätte, wenn ich es nur von meinem Ehrgeiz erhalten könnte[308], einer Dame am Hof den Rang vor mir einzuräumen.

SOPHIE. Und dieses Herz unterwarf sich dem Ehrgeiz so gern?

LADY *lebhaft.* Als wenn es sich nicht schon gerächt hätte! – Nicht jetzt noch sich rächte! – – Sophie *Bedeutend, indem sie die Hand auf Sophiens Achselfallen läßt.* Wir Frauenzimmer können nur zwischen Herrschen und Dienen wählen, aber die höchste Wonne

---

298 Sackuhren: *Taschenuhren* (Im Hosensack getragen)

299 in den Zügel beißt: ein folgsames, willenloses Pferd

300 Talisman: magisches, Schutz und Glück verleihendes Bild, hier als Metapher für die Macht des Fürsten

301 jeden Gelust: *jeden Wunsch*

302 Saft von zwei Indien: Saft der kostbarsten Früchte aus Ost- und aus Westindien (letzteres also Mittelamerika)

303 Paradiese aus Wildnissen: gemeint sind *Lust- und Jagdschlösser,* die sich die Fürsten errichten ließen. Eine Anspielung insbesondere auf Herzog Carl Eugen und das Schloss Solitude, in dem Schiller die Militärakademie besuchte.

304 sein darbendes Gehirn auf ein einziges schönes Gefühl exequieren: etwa soviel wie *seinem erbärmlichen Gehirn ein einziges Gefühl abringen*

305 Vollauf: *Überfluss*

306 mich: *mir*

307 beßre Empfindungen: *sittliche Gefühle*

308 von meinem Ehrgeiz erhalten könnte: *wenn es mir mein Ehrgeiz erlauben würde*

der Gewalt ist doch nur ein elender Behelf, wenn uns die größere Wonne versagt wird, Sklavinnen eines Mannes zu sein, den wir lieben.

SOPHIE. Eine Wahrheit, Mylady, die ich von Ihnen zuletzt hören wollte!

LADY. Und warum, meine Sophie? Sieht man es denn dieser kindischen Führung des Zepters[309] nicht an, daß wir nur für das Gängelband[310] taugen? Sahst du es denn diesem launischen Flattersinn[311] nicht an – diesen wilden Ergötzungen nicht an, daß sie nur wildere Wünsche in meiner Brust überlärmen sollten?

SOPHIE *tritt erstaunt zurück.* Lady?

LADY *lebhafter.* Befriedige diese! Gib mir den Mann, den ich jetzt denke[312] – den ich anbete – sterben, Sophie, oder besitzen muß. *Schmelzend.* Laß mich aus seinem Mund es vernehmen, daß Tränen der Liebe schöner glänzen in unsern Augen als die Brillanten in unserm Haar, *Feurig.* und ich werfe dem Fürsten sein Herz und sein Fürstentum vor die Füße, fliehe mit diesem Mann, fliehe in die entlegenste Wüste der Welt – –

SOPHIE *blickt sie erschrocken an.* Himmel! was machen Sie! Wie wird Ihnen, Lady?

LADY *bestürzt.* Du entfärbst dich? – Hab ich vielleicht etwas zuviel gesagt? – O so laß mich deine Zunge mit meinem Zutrauen binden – höre noch mehr – höre alles –

SOPHIE *schaut sich ängstlich um.* Ich fürchte, Mylady – ich fürchte – ich brauch es nicht mehr zu hören.

LADY. Die Verbindung mit dem Major – Du und die Welt stehen im Wahn, sie sei eine Hofkabale – Sophie – erröte nicht – schäme dich meiner nicht – sie ist das Werk – meiner Liebe.

SOPHIE. Bei Gott! Was mir ahndete[313]!

LADY. Sie ließen sich beschwatzen, Sophie – der schwache Fürst – der hofschlaue[314] Walter – der alberne Marschall – Jeder von ihnen wird darauf schwören, daß diese Heurat das unfehlbarste Mittel sei, mich dem Herzog zu retten, unser Band um so fester zu knüpfen. – – Ja! es auf ewig zu trennen! auf ewig diese schändliche Ketten zu brechen! – Belogene Lügner! Von einem schwachen Weib überlistet! – Ihr selbst führt mir jetzt meinen Geliebten zu. Das war es ja nur, was ich wollte – Hab ich ihn einmal – hab ich ihn – o dann auf immer gute Nacht, abscheuliche Herrlichkeit –

---

309 Zepter: *Herrscherstab* als Sinnbild für Macht

310 Gängelband: Band, an dem ein Kind beim Laufenlernen geführt und zugleich festgehalten wird, hier in der Bedeutung von *Bevormundung*

311 Flattersinn: *Unbeständigkeit, Leichtsinn*

312 den ich jetzt denke: *an den ich jetzt denke*

313 mir ahndete: *ich ahnte*

314 hofschlaue: ist mit den Intrigen am Hof vertraut

Zweite Szene

Ein alter Kammerdiener des Fürsten, der ein Schmuckkästchen trägt. Die Vorigen.

KAMMERDIENER. Seine Durchlaucht der Herzog empfehlen sich Mylady zu Gnaden, und schicken Ihnen diese Brillanten zur Hochzeit. Sie kommen soeben erst aus Venedig.

LADY *hat das Kästchen geöffnet und fährt erschrocken zurück.* Mensch! was bezahlt dein Herzog für diese Steine?

KAMMERDIENER *mit finsterm Gesicht.* Sie kosten ihn keinen Heller[315].

LADY. Was? Bist du rasend? Nichts? – und *Indem sie einen Schritt von ihm wegtritt.* du wirfst mir ja einen Blick zu, als wenn du mich durchbohren wolltest – Nichts kosten ihn diese unermeßlich kostbaren Steine?

KAMMERDIENER. Gestern sind siebentausend Landskinder nach Amerika[316] fort – Die zahlen alles.

LADY *setzt den Schmuck plötzlich nieder und geht rasch durch den Saal, nach einer Pause zum Kammerdiener.* Mann, was ist dir? Ich glaube, du weinst?

KAMMERDIENER *wischt sich die Augen, mit schrecklicher Stimm, alle Glieder zitternd.* Edelsteine wie diese da – Ich hab auch ein paar Söhne drunter.

LADY *wendet sich bebend weg, seine Hand fassend.* Doch keinen Gezwungenen?

KAMMERDIENER *lacht fürchterlich.* O Gott – Nein – lauter Freiwillige. Es traten wohl so etliche vorlaute Bursch vor die Front heraus und fragten den Obersten, wie teuer der Fürst das Joch Menschen[317] verkaufe? – aber unser gnädigster Landesherr ließ alle Regimenter auf dem Paradeplatz aufmarschieren und die Maulaffen[318] niederschießen. Wir hörten die Büchsen knallen, sahen ihr Gehirn auf das Pflaster sprützen[319], und die ganze Armee schrie: Juchhe nach Amerika[320]! –

LADY *fällt mit Entsetzen in den Sofa[321].* Gott! Gott! – Und ich hörte nichts? Und ich merkte nichts?

---

315 Heller: In der Zeit Schillers war der Heller, als eine im Schwäbischen geprägte Münze, die *Münze mit dem geringsten Wert.* Die Redewendung ist gleichbedeutend mit *keinen Pfennig* bzw. *keinen Cent wert.*

316 siebentausend Landskinder: Deutsche Landesfürsten „vermieteten" ihre Soldaten gegen ein Entgelt. Diese Soldaten wurden bei verschiedenen militärischen Auseinandersetzungen eingesetzt. Die Einkünften flossen oft in die Bautätigkeit der Fürsten. Während des Befreiungskrieges von Nordamerika 1775–1783 hatten deutsche Fürsten etwa 30.000 Soldaten auf diesen Weise „vermietet", von denen nur etwa 12.000 Mann zurückkehrten. Carl Eugen von Württemberg hatte sich hieran aber nicht beteiligt.

317 Joch Menschen: *Joch* bezeichnet urspünglich *ein Paar* zusammengespannter Tiere (Ochsen). Der Ausdruck wird hier bildhaft auf den Menschen übertragen.

318 Maulaffen: *Vorlaute, Vorwitzige*

319 sprützen: *spritzen*

320 Juchhe nach Amerika: In einem damals häufig gesungenen Volkslied wird der Verkauf von Soldaten aus Hessen kritisiert. Schiller nimmt hier Bezug auf dieses Lied.

321 den Sofa: *das Sofa*

KAMMERDIENER. Ja, gnädige Frau – warum mußtet Ihr denn mit unserm Herrn gerad auf die Bärenhatz[322] reiten, als man den Lärmen[323] zum Aufbruch schlug? – Die Herrlichkeit hättet Ihr doch nicht versäumen sollen, wie uns die gellenden[324] Trommeln verkündigten, es ist Zeit, und heulende Waisen dort einen lebendigen Vater verfolgten, und hier eine wütende Mutter lief, ihr saugendes Kind an Bajonetten[325] zu spießen, und wie man Bräutigam und Braut mit Säbelhieben auseinanderriß, und wir Graubärte verzweiflungsvoll dastanden und den Burschen auch zuletzt die Krücken noch nachwarfen in die neue Welt – Oh, und mitunter das polternde Wirbelschlagen[326], damit der Allwissende uns nicht sollte beten hören –

LADY *steht auf, heftig bewegt.* Weg mir diesen Steinen – sie blitzen Höllenflammen in mein Herz. *Sanfter zum Kammerdiener.* Mäßige dich, armer alter Mann. Sie werden wiederkommen. Sie werden ihr Vaterland wiedersehen.

KAMMERDIENER *warm und voll.* Das weiß der Himmel! Das werden sie! – Noch am Stadttor drehten sie sich um und schrien: »Gott mit euch, Weib und Kinder! – Es leb unser Landesvater – am Jüngsten Gericht sind wir wieder da!« –

LADY *mit starkem Schritt auf und niedergehend.* Abscheulich! Fürchterlich! – Mich beredete man[327], ich habe sie alle getrocknet, die Tränen des Landes – Schrecklich, schrecklich gehen mir die Augen auf – Geh du – Sag deinem Herrn – Ich werd ihm persönlich danken. *Kammerdiener will gehen, sie wirft ihm ihre Goldbörse in den Hut.* Und das nimm, weil du mir Wahrheit sagtest –

KAMMERDIENER *wirft sie verächtlich auf den Tisch zurück.* Legts zu dem übrigen. *Er geht ab.*

LADY *sieht ihm erstaunt nach.* Sophie, spring[328] ihm nach, frag ihn um seinen Namen. Er soll seine Söhne wiederhaben. *Sophie ab. Lady nachdenkend auf und nieder. Pause. Zu Sophien, die wiederkommt.* Ging nicht jüngst ein Gerüchte, daß das Feuer eine Stadt an der Grenze verwüstet, und bei vierhundert Familien an den Bettelstab gebracht habe? *Sie klingelt.*

SOPHIE. Wie kommen Sie auf das? Allerdings ist es so, und die mehresten[329] dieser Unglücklichen dienen jetzt ihren Gläubigern als Sklaven, oder verderben in den Schachten[330] der fürstlichen Silberbergwerke.

BEDIENTER *kommt.* Was befehlen Mylady?

---

322 Bärenhatz: *Bärenjagd*

323 Lärmen: *Alarm*

324 gellenden: *schallenden*

325 Bajonetten: Mehrzahl von *Bajonette*, eine nach einer französ. Stadt benannte, auf das Gewehr aufgesetzte *Stichwaffe.*

326 polternde Wirbelschlagen: *mit Trommelschlägen*

327 Mich beredete man: *Mir erzählte man*

328 spring: *laufe*

329 mehresten: *meisten*

330 Schachten: *Schächten*

LADY *gibt ihm den Schmuck.* Daß das ohne Verzug in die Landschaft[331] gebracht werde! – Man soll es sogleich zu Geld machen, befehl ich, und den Gewinst[332] davon unter die Vierhundert verteilen, die der Brand ruiniert hat.

SOPHIE. Mylady, bedenken Sie, daß Sie die höchste Ungnade wagen.

LADY *mit Größe.* Soll ich den Fluch seines Landes in meinen Haaren tragen? *Sie winkt dem Bedienten, dieser geht.* Oder willst du, daß ich unter dem schrecklichen Geschirr[333] solcher Tränen zu Boden sinke? – Geh, Sophie – Es ist besser, falsche Juwelen im Haar, und das Bewußtsein dieser Tat im Herzen zu haben.

SOPHIE. Aber Juwelen wie diese! Hätten Sie nicht Ihre schlechtern nehmen können? Nein, wahrlich, Mylady! Es ist Ihnen nicht zu vergeben.

LADY. Närrisches Mädchen! Dafür werden in einem Augenblick mehr Brillanten und Perlen[334] für mich fallen, als zehen[335] Könige in ihren Diademen[336] getragen, und schönere –

BEDIENTER *kommt zurück.* Major von Walter –

SOPHIE *springt auf die Lady zu.* Gott! Sie verblassen –

LADY. Der erste Mann, der mir Schrecken macht – Sophie – Ich sei unpäßlich, Eduard – Halt – Ist er aufgeräumt[337]? Lacht er? Was spricht er? O Sophie! Nicht wahr, ich sehe häßlich aus?

SOPHIE. Ich bitte Sie, Lady

BEDIENTER. Befehlen Sie, daß ich ihn abweise?

LADY *stotternd.* Er soll mir willkommen sein. *Bedienter hinaus.* Sprich, Sophie – Was sag ich ihm? Wie empfang ich ihn? – Ich werde stumm sein. – Er wird meiner Schwäche spotten – Er wird – o was ahndet mir – Du verlässest[338] mich, Sophie? – Bleib – Doch nein! Gehe! – So bleib doch. *Der Major kommt durch das Vorzimmer.*

SOPHIE. Sammeln Sie sich. Er ist schon da.

---

331 Landschaft: Die Stände-Versammlung in Württemberg wurde so bezeichnet.

332 Gewinst: *Gewinn, Erlös*

333 Geschirr: *Zaumzeug*, hier bildhaft verwendet

334 Brillanten und Perlen: bildhaft für *Tränen*

335 zehen: *zehn*

336 Diademen: Mehrzahl von einem *diamantbesetzten Stirnreif*

337 aufgeräumt: *guter Stimmung*

338 verlässest: veraltet *verlässt*

Dritte Szene

Ferdinand von Walter. Die Vorigen.

FERDINAND *mit einer kurzen Verbeugung.* Wenn ich Sie worin unterbreche, gnädige Frau –

LADY *unter merkbarem Herzklopfen.* In nichts, Herr Major, das mir wichtiger wäre.

FERDINAND. Ich komme auf Befehl meines Vaters.

LADY. Ich bin seine Schuldnerin.

FERDINAND. Und soll Ihnen melden, daß wir uns heuraten – Soweit der Auftrag meines Vaters.

LADY *entfärbt sich und zittert.* Nicht ihres eigenen Herzens?

FERDINAND. Minister und Kuppler pflegen das niemals zu fragen.

LADY *mit einer Beängstigung, daß ihr die Worte versagen.* Und Sie selbst hätten sonst nichts beizusetzen[339]?

FERDINAND *mit einem Blick auf die Mamsell.* Noch sehr viel, Mylady.

LADY *gibt Sophien einen Wink, diese entfernt sich.* Darf ich Ihnen diesen Sofa anbieten?

FERDINAND. Ich werde kurz sein[340], Mylady.

LADY. Nun?

FERDINAND. Ich bin ein Mann von Ehre.

LADY. Den ich zu schätzen weiß.

FERDINAND. Kavalier.

LADY. Kein beßrer im Herzogtum.

FERDINAND. Und Offizier.

LADY *schmeichelhaft.* Sie berühren hier Vorzüge, die auch andere mit Ihnen gemein[341] haben. Warum verschweigen Sie größere, worin sie einzig sind?

FERDINAND *frostig.* Hier brauch ich sie nicht.

LADY *mit immer steigernder Angst.* Aber für was muß ich diesen Vorbericht nehmen?

FERDINAND *langsam und mit Nachdruck.* Für den Einwurf[342] der Ehre, wenn Sie Lust haben sollten, meine Hand zu erzwingen.

LADY *auffahrend.* Was ist das, Herr Major?

FERDINAND *gelassen.* Die Sprache meines Herzens – meines Wappens[343] – und dieses Degens[344].

LADY. Diesen Degen gab Ihnen der Fürst.

FERDINAND. Der Staat gab mir ihn, durch die Hand des Fürsten – mein Herz Gott – mein Wappen ein halbes Jahrtausend.

---

339 beizusetzen: *hinzuzufügen*

340 ich werde kurz sein: *ich mache es kurz*

341 gemein: *gemeinsam*

342 Einwurf: *Einwand*

343 meines Wappens: als Zeichen der Familienehre

344 Degens: der Degen als Symbol der Offiziersehre

LADY. Der Name des Herzogs –

FERDINAND *hitzig.* Kann der Herzog Gesetze der Menschheit[345] verdrehen, oder Handlungen münzen wie seine Dreier[346]? – Er selbst ist nicht über die Ehre erhaben, aber er kann ihren Mund mit seinem Golde verstopfen. Er kann den Hermelin[347] über seine Schande herwerfen. Ich bitte mir aus, davon nichts mehr, Mylady – Es ist nicht mehr die Rede von weggeworfenen Aussichten und Ahnen – oder von dieser Degenquaste[348] – oder von der Meinung der Welt. Ich bin bereit, dies alles mit Füßen zu treten, sobald Sie mich nur überzeugt haben werden, daß der Preis nicht schlimmer noch als das Opfer ist.

LADY *schmerzhaft von ihm weggehend.* Herr Major! Das hab ich nicht verdient.

FERDINAND *ergreift ihre Hand.* Vergeben Sie. Wir reden hier ohne Zeugen. Der Umstand, der Sie und mich – heute und nie mehr – zusammenführt, berechtigt mich, zwingt mich, Ihnen mein geheimstes Gefühl nicht zurückzuhalten. – – Es will mir nicht zu Kopfe[349], Mylady, daß eine Dame von so viel Schönheit und Geist – Eigenschaften, die ein Mann schätzen würde – sich an einen Fürsten sollte wegwerfen können, der nur das Geschlecht an ihr zu bewundern gelernt hat, wenn sich diese Dame nicht schämte, vor einem Mann mit ihrem Herzen zu treten.

LADY *schaut ihm groß ins Gesicht.* Reden Sie ganz aus.

FERDINAND. Sie nennen sich eine Britin. Erlauben Sie mir – ich kann es nicht glauben, daß Sie eine Britin sind. Die freigeborene Tochter des freiesten Volks[350] unter dem Himmel – das auch zu stolz ist, fremder Tugend zu räuchern[351], – kann sich nimmermehr an fremdes Laster verdingen[352]. Es ist nicht möglich, daß Sie eine Britin sind, – oder das Herz dieser Britin muß um soviel kleiner sein, als größer und kühner Britanniens Adern schlagen.

LADY. Sind Sie zu Ende?

FERDINAND. Man könnte antworten, es ist weibliche Eitelkeit – Leidenschaft – Temperament – Hang zum Vergnügen. Schon öfters überlebte Tugend die Ehre. Schon manche, die mit Schande in diese Schranke trat, hat nachher die Welt durch edle Handlungen mit sich ausgesöhnt, und das häßliche Handwerk durch einen schönen Gebrauch geadelt – – Aber woher denn jetzt diese ungeheure Pressung[353] des Landes, die vorher nie so gewesen? – Das war im Namen des Herzogtums. – Ich bin zu Ende.

LADY *mit Sanftmut und Hoheit.* Es ist das erstemal, Walter, daß solche Reden an mich gewagt werden, und Sie sind der einzige Mensch, dem ich darauf antworte – Daß Sie meine Hand verwerfen, darum schätz ich Sie. Daß Sie mein Herz lästern, vergebe ich Ihnen.

---

345 Gesetze der Menschheit: wahrscheinlich gemeint sind *Naturrechte*

346 Dreier: eine *Münze* von geringem Wert, die in großer Anzahl geprägt wurde

347 Hermelin: prunkvoller *Mantel des Herrschers* aus dem weißen Pelz eines Wiesels

348 Degenquaste: *Quaste am Degengehänge* als Symbol der Offiziersehre

349 zu Kopfe: *in den Kopf*

350 freiesten Volks: Mit der Revolution 1648 wurde in England der Weg zu Parlamentarismus und Liberalismus geöffnet und die Rechte der Krone eingeschränkt. Damit wurde England zu dem rechtlich fortschrittlichen Land in Europa.

351 zu räuchern: *zu beweihräuchern*

352 verdingen: *beteiligen*

353 Pressung: im Schwäbischen für *Steuer gewalttätig eintreiben*

Daß es Ihr Ernst ist, glaube ich Ihnen nicht. Wer sich herausnimmt, Beleidigungen dieser Art einer Dame zu sagen, die nicht mehr als eine Nacht braucht, ihn ganz zu verderben, muß dieser Dame eine große Seele zutrauen oder – von Sinnen sein – Daß Sie den Ruin des Landes auf meine Brust wälzen, vergebe Ihnen Gott der Allmächtige, der Sie und mich und den Fürsten einst gegeneinanderstellt. – Aber Sie haben die Engländerin in mir aufgefodert, und auf Vorwürfe dieser Art muß mein Vaterland Antwort haben.

FERDINAND *auf seinen Degen gestützt.* Ich bin begierig.

LADY. Hören Sie also, was ich, außer Ihnen, noch niemand vertraute, noch jemals einem Menschen vertrauen will. – Ich bin nicht die Abenteurerin, Walter, für die Sie mich halten. Ich könnte großtun und sagen: Ich bin fürstlichen Geblüts – aus des unglücklichen Thomas Norfolks Geschlechte[354], der für die schottische Maria ein Opfer ward – Mein Vater, des Königs oberster Kämmerer, wurde bezüchtigt[355], in verräterischem Vernehmen[356] mit Frankreich zu stehen, durch einen Spruch der Parlamente verdammt und enthauptet. Alle unsre Güter fielen der Krone[357] zu. Wir selbst wurden des Landes verwiesen. Meine Mutter starb am Tage der Hinrichtung. – Ich ein vierzehenjähriges Mädchen – flohe nach Teutschland mit meiner Wärterin[358] – einem Kästchen Juwelen – und diesem Familienkreuz, das meine sterbende Mutter mit ihrem letzten Segen mir in den Busen steckte.

Ferdinand wird nachdenkend und heftet wärmere Blicke auf die Lady.

LADY *fährt fort mit immer zunehmender Rührung.* Krank – ohne Namen – ohne Schutz und Vermögen – eine ausländische Waise kam ich nach Hamburg. Ich hatte nichts gelernt als das bißchen Französisch – ein wenig Filet[359] und den Flügel[360] – desto besser verstund[361] ich, auf Gold und Silber[362] zu speisen, unter damastenen[363] Decken zu schlafen, mit einem Wink zehen Bediente fliegen zu machen, und die Schmeicheleien der Großen Ihres Geschlechts aufzunehmen. – Sechs Jahre waren schon hingeweint. – Die letzte Schmucknadel flog dahin – Meine Wärterin starb – und jetzt führte mein Schicksal Ihren Herzog nach Hamburg[364]. Ich spazierte damals an den Ufern der Elbe, sah in den Strom und fing eben an zu phantasieren, ob dieses Wasser oder mein Leiden das tiefste wäre? – Der Herzog sah mich, verfolgte mich, fand meinen Aufenthalt – lag zu meinen Füßen und schwur, daß er mich liebe. *Sie hält in großen Bewegungen inne, dann fährt sie fort mit weinender Stimme.* Alle Bilder meiner glücklichen Kindheit wachten

---

354 Thomas Norfolks Geschlechte: Der Herzog von Norfork (1536–1572) wollte die schottische Königin Maria Stuart aus der Haft befreien. Dies misslang und Norfork wurde hingerichtet.

355 bezüchtigt: *bezichtigt*

356 Vernehmen: *Einvernehmen, Pakt*

357 Krone: *dem Königshaus*

358 Wärterin: *Amme, Erzieherin*

359 Filet: *Knüpfarbeiten*

360 Flügel: Klaviertyp

361 verstund: poetisch *verstand*

362 Gold und Silber: *Gold- und Silbergeschirr*

363 damastenen: *aus Damast*, einem Seidenstoff

364 Herzog nach Hamburg: Carl Eugen besuchte 1781 die Hansestadt Hamburg.

jetzt wieder mit verführendem Schimmer auf – Schwarz wie das Grab graute mich[365] eine trostlose Zukunft an – Mein Herz brannte nach einem Herzen – Ich sank an das seinige. *Von ihm wegstürzend.* Jetzt verdammen Sie mich!

FERDINAND *sehr bewegt, eilt ihr nach und hält sie zurück.* Lady! o Himmel! Was hör ich! Was tat ich? – – Schrecklich enthüllt sich mein Frevel mir. Sie können mir nicht mehr vergeben.

LADY *kommt zurück und hat sich zu sammeln gesucht.* Hören Sie weiter. Der Fürst überraschte zwar meine wehrlose Jugend – aber das Blut der Norfolk empörte sich in mir: Du, eine geborene Fürstin, Emilie, rief es, und jetzt eines Fürsten Konkubine[366]? – Stolz und Schicksal kämpften in meiner Brust, als der Fürst mich hieher brachte, und auf einmal die schauderndste Szene vor meinen Augen stand. – Die Wollust der Großen dieser Welt ist die nimmersatte Hyäne[367], die sich mit Heißhunger Opfer sucht. – Fürchterlich hatte sie schon in diesem Lande gewütet – hatte Braut und Bräutigam zertrennt – hatte selbst der Ehen göttliches Band zerissen – – hier das stille Glück einer Familie geschleift[368] – dort ein junges, unerfahrnes Herz der verheerenden Pest aufgeschlossen, und sterbende Schülerinnen[369] schäumten den Namen ihres Lehrers[370] unter Flüchen und Zuckungen aus – Ich stellte mich zwischen das Lamm und den Tiger; nahm einen fürstlichen Eid von ihm in einer Stunde der Leidenschaft, und diese abscheuliche Opferung mußte aufhören.

FERDINAND *rennt in der heftigsten Unruhe durch den Saal.* Nichts mehr, Mylady! Nicht weiter!

LADY. Diese traurige Periode hatte einer noch traurigern Platz gemacht. Hof und Serail[371] wimmelten jetzt von Italiens Auswurf[372]. Flatterhafte Pariserinnen tändelten[373] mit dem furchtbaren Zepter, und das Volk blutete unter ihren Launen – Sie alle erlebten ihren Tag[374]. Ich sah sie neben mir in den Staub sinken, denn ich war mehr Kokette[375] als sie alle. Ich nahm dem Tyrannen den Zügel ab, der wollüstig in meiner Umarmung erschlappte[376] – dein Vaterland, Walter, fühlte zum erstenmal eine Menschenhand, und sank vertrauend an meinen Busen. *Pause, worin sie ihn schmelzend ansieht.* O daß der Mann, von dem ich allein nicht verkannt sein möchte, mich jetzt zwingen muß, groß zu prahlen, und meine stille Tugend am Licht der Bewunderung zu versengen! – Walter, ich habe Kerker gesprengt – habe Todesurteile zerrissen, und manche entsetzliche Ewigkeit auf

365 graute mich ... an: *stand mir bevor*

366 Konkubine: *Geliebte*

367 Hyäne: hier bildhaft für *gierige Menschen*

368 geschleift: *zerstört*

369 Schülerinnen: die *verführten jungen Mädchen*

370 Lehrer: die *Verführer*

371 Serail: aus dem Französ. (*sérail*) für *Palast, Harem*

372 Auswurf: *Kot, Abschaum* - in verächtlicher Bedeutung

373 tändelten: *spielten zum Zeitvertreib*

374 ihren Tag: *ihren letzten Tag*, gemeint ist *sie erhielten ihre Strafe*

375 Kokette: aus dem Französ. für eine *gefallsüchtige Dame*, später eine Bezeichnung für eine Dirne

376 erschlappte: *erschlafft*e

Galeeren[377] verkürzt. In unheilbare Wunden hab ich doch wenigstens stillenden Balsam gegossen – mächtige Frevler in Staub gelegt, und die verlorne Sache der Unschuld oft noch mit einer buhlerischen[378] Träne gerettet – Ha, Jüngling! wie süß war mir das! Wie stolz konnte mein Herz jede Anklage meiner fürstlichen Geburt widerlegen! – Und jetzt kommt der Mann, der allein mir das alles belohnen sollte – der Mann, den mein erschöpftes Schicksal vielleicht zum Ersatz meiner vorigen Leiden schuf – der Mann, den ich mit brennender Sehnsucht im Traum schon umfasse –

FERDINAND *fällt ihr ins Wort, durch und durch erschüttert.* Zuviel! Zuviel! Das ist wider die Abrede, Lady. Sie sollten sich von Anklagen reinigen, und machen mich zu einem Verbrecher. Schonen Sie – ich beschwöre Sie – schonen Sie meines Herzens, das Beschämung und wütende Reue zerreißen –

LADY *hält seine Hand fest.* Jetzt oder nimmermehr. Lange genug hielt die Heldin stand – Das Gewicht dieser Tränen mußt du noch fühlen. *Im zärtlichsten Ton.* Höre, Walter – wenn eine Unglückliche – unwiderstehlich allmächtig an dich gezogen – sich an dich preßt mit einem Busen voll glühender, unerschöpflicher Liebe, – Walter – und du jetzt noch das kalte Wort Ehre sprichst – Wenn diese Unglückliche – niedergedrückt vom Gefühl ihrer Schande – des Lasters überdrüssig – heldenmäßig emporgehoben vom Rufe der Tugend – sich so – in deine Arme wirft *Sie umfaßt ihn, beschwörend und feierlich.* – durch dich gerettet – durch dich dem Himmel wieder geschenkt sein will, oder *das Gesicht von ihm abgewandt, mit hohler, bebender Stimme* deinem Bild zu entfliehen. dem fürchterlichen Ruf der Verzweiflung gehorsam, in noch abscheulichere Tiefen des Lasters wieder hinuntertaumelt –

FERDINAND *von ihr losreißend, in der schrecklichsten Bedrängnis.* Nein, beim großen Gott! Ich kann das nicht aushalten – Lady, ich muß – Himmel und Erde liegen auf mir – ich muß Ihnen ein Geständnis tun, Lady.

LADY *von ihm wegfliehend.* Jetzt nicht! Jetzt nicht, bei allem, was heilig ist – In diesem entsetzlichen Augenblick nicht, wo mein zerrissenes Herz an tausend Dolchstichen blutet – Seis Tod oder Leben – ich darf es nicht – ich will es nicht hören.

FERDINAND. Doch, doch, beste Lady. Sie müssen es. Was ich Ihnen jetzt sagen werde, wird meine Strafbarkeit mindern, und eine warme Abbitte des Vergangenen sein – Ich habe mich in Ihnen betrogen[379], Mylady. Ich erwartete – ich wünschte, Sie meiner Verachtung würdig zu finden. Fest entschlossen, Sie zu beleidigen und Ihren Haß zu verdienen, kam ich her – Glücklich wir beide, wenn mein Vorsatz gelungen wäre! *Er schweigt eine Weile, darauf leiser und schüchterner.* Ich liebe, Mylady – liebe ein bürgerliches Mädchen – Luisen Millerin, eines Musikus Tochter. *Lady wendet sich bleich von ihm weg, er fährt lebhafter fort.* Ich weiß, worein ich mich stürze; aber wenn auch Klugheit die Leidenschaft schweigen heißt, so redet die Pflicht desto lauter – Ich bin der Schuldige. Ich zuerst zerriß ihrer Unschuld goldenen Frieden – wiegte ihr Herz mit vermessenen Hoffnungen, und gab es verräterisch der wilden Leidenschaft preis. – Sie werden mich

377 Ewigkeit auf Galeeren: Als eine sehr harte Strafe wurde das (lebenslängliche) Rudern auf einer Galeere ausgesprochen.

378 buhlerischen: *verführerischen*

379 in Ihnen betrogen: *mich in ihnen getäuscht*

an Stand – an Geburt[380] – an die Grundsätze meines Vaters erinnern – aber ich liebe – Meine Hoffnung steigt um so höher, je tiefer die Natur mit Konvenienzen[381] zerfallen ist. – Mein Entschluß und das Vorurteil! – Wir wollen sehen, ob die Mode oder die Menschheit auf dem Platz bleiben wird. *Lady hat sich unterdes bis an das äußerste Ende des Zimmers zurückgezogen und hält das Gesicht mit beiden Händen bedeckt. Er folgt ihr dahin.* Sie wollten mir etwas sagen, Mylady?

LADY *im Ausdruck des heftigsten Leidens.* Nichts, Herr von Walter! Nichts, als das Sie sich und mich und noch eine Dritte zugrund richten.

FERDINAND. Noch eine Dritte?

LADY. Wir können miteinander nicht glücklich werden. Wir müssen doch der Voreiligkeit Ihres Vaters zum Opfer werden. Nimmermehr werd ich das Herz eines Mannes haben, der mir seine Hand nur gezwungen gab.

FERDINAND. Gezwungen, Lady? Gezwungen gab? und also doch gab? Können Sie eine Hand ohne Herz erzwingen? Sie einem Mädchen den Mann entwenden, der die ganze Welt dieses Mädchens ist? Sie einen Mann von dem Mädchen reißen, das die ganze Welt dieses Mannes ist? Sie, Mylady – vor einem Augenblick die bewundernswürdige Britin? – Sie können das?

LADY. Weil ich es muß. *Mit Ernst und Stärke.* Meine Leidenschaft, Walter, weicht meiner Zärtlichkeit für Sie. Meine Ehre kanns nicht mehr – Unsre Verbindung ist das Gespräch des ganzen Landes. Alle Augen, alle Pfeile des Spotts sind auf mich gespannt[382]. Die Beschimpfung ist unauslöschlich, wenn ein Untertan des Fürsten mich ausschlägt. Rechten Sie mit Ihrem Vater. Wehren Sie sich, so gut Sie können. – Ich laß alle Minen sprengen[383]. *Sie geht schnell ab. Der Major bleibt in sprachloser Erstarrung stehn. Pause. Dann stürzt er fort durch die Flügeltüre.*

380 Geburt: an *Herkunft*

381 Konvenienzen: *geltenden Sitten*

382 gespannt: die Pfeile sind auf den Bogen gespannt

383 alle Minen sprengen: Redensart für *alle Mittel einsetzen*

2. Akt 4. Szene

Vierte Szene

Zimmer beim Musikanten. Miller, Frau Millerin, Luise treten auf.

MILLER *(hastig ins Zimmer.)* Ich habs ja zuvor gesagt!

LUISE *(sprengt ihn ängstlich an[384])* Was, Vater, was?

MILLER *(rennt wie toll auf und nieder.)* Meinen Staatsrock[385] her – hurtig – ich muß ihm zuvorkommen – und ein weißes Manschettenhemd! – Das hab ich mir gleich eingebildet!

LUISE. Um Gottes willen! Was?

MILLERIN. Was gibst denn? Was ists denn?

MILLER *(wirft seine Perücke ins Zimmer.)* Nur gleich zum Friseur das! – Was es gibt? *(Vor den Spiegel gesprungen.)* Und mein Bart ist auch wieder fingerslang – Was es gibt? – Was wirds geben, du Rabenaas? – Der Teufel ist los, und dich soll das Wetter schlagen[386].

FRAU. Da sehe man! Über mich muß gleich alles kommen.

MILLER. Über dich? Ja, blaues Donnermaul[387], und über wen anders? Heute früh mit deinem diabolischen[388] Junker – Hab ichs nicht im Moment gesagt? – Der Wurm hat geplaudert.

FRAU. Ah was! Wie kannst du das wissen?

MILLER. Wie kann ich das wissen? – Da! – unter der Haustüre spukt ein Kerl des Ministers und fragt nach dem Geiger.

LUISE. Ich bin des Todes.

MILLER. Du aber auch mit deinen Vergißmeinnichtsaugen[389]! *(Lacht voll Bosheit.)* Das hat seine Richtigkeit, wem der Teufel ein Ei in die Wirtschaft gelegt hat, dem wird eine hübsche Tochter geboren – Jetzt hab ichs blank[390]!

FRAU. Woher weißt du denn, daß es der Luise gilt? – Du kannst dem Herzog rekommendiert[391] worden sein. Er kann dich ins Orchester verlangen.

---

384 sprengt ihn an: im Schwäbischen steht *ansprengen* dafür, *jemanden anzugreifen* oder *jemanden etwas eindringlich zu bitten*, hier also geht Luise eindringlich auf ihren Vater zu.

385 Staatsrock: *festlicher Rock, festliche Kleidung*. Miller wirft sich seine besten Kleider über.

386 das Wetter schlagen: *das Unheil ereilen*

387 blaues Donnermaul: Im Schwäbischen kann *blau* ein Ausdruck der Verstärkung sein, hier also als eine Verstärkung des Fluches, heißt etwa *verdammtes Schandmaul.*

388 diabolischen: *teuflischen, höllischen* als Schimpfwort zu Junker

389 Vergißmeinnichtsaugen: *Unschuldsmiene*

390 Jetzt hab ichs blank: im Schwäbischen so viel wie *jetzt habe ich es schwarz auf weiß* oder *jetzt ist mir alles klar*

391 rekommendiert: aus dem Französ. (*recommender*) für *empfohlen*

2. Akt 4. Szene

MILLER (*springt nach seinem Rohr*[392]). Daß dich der Schwefelregen von Sodom[393]! – Orchester! – Ja, wo du Kupplerin den Diskant[394] wirst heulen, und mein blauer Hinterer[395] den Konterbaß vorstellen. (*Wirft sich in seinen Stuhl.*) Gott im Himmel!

LUISE (*setzt sich totenbleich nieder.*) Mutter! Vater! Warum wird mir auf einmal so bange?

MILLER (*springt wieder vom Stuhl auf.*) Aber soll mir der Dintenkleckser[396] einmal in den Schuß[397] laufen! – Soll er mir laufen! – Es sei in dieser oder in jener Welt – Wenn ich ihm nicht Leib und Seele breiweich zusammendresche[398], alle zehen Gebote und alle sieben Bitten im Vaterunser und alle Bücher Mosis und der Propheten aufs Leder schreibe[399], daß man die blaue Flecken bei der Auferstehung der Toten noch sehen soll –

FRAU. Ja! fluch du und poltre du! Das wird jetzt den Teufel bannen. Hilf, heiliger Herregott! Wohinaus nun[400]? Wie werden wir Rat schaffen? Was nun anfangen? Vater Miller, so rede doch! *Sie läuft heulend durchs Zimmer.*

MILLER. Auf der Stell zum Minister will ich. Ich zuerst will mein Maul auftun – Ich selbst will es angeben[401]. Du hast es vor mir gewußt. Du hättest mir einen Wink geben können. Das Mädel hätt sich noch weisen lassen. Es wäre noch Zeit gewesen – aber nein! – Da hat sich was makeln lassen[402]; da hat sich was fischen lassen! Da hast du noch Holz obendrein zugetragen[403]! – Jetzt sorg auch für deinen Kuppelpelz[404]. Friß aus, was du einbrocktest. Ich nehme meine Tochter in Arm, und marsch mit ihr über die Grenze.

---

392 Rohr: *Spazierstock*, der auch als *spanisches Rohr* bezeichnet und aus den Trieben einer so benannten Palmart hergestellt wurde.

393 Schwefelregen von Sodom: Schwefelregen beim Untergang der Stadt Sodom. (Vgl. hierzu: 1. Buch Mose 19, 24–28).

394 Diskant: *Sopran*

395 Hinterer: *Gesäß*, hier *blauer Arsch* (blau als Verstärkung)

396 Dintenkleckser: *Tintenkleckser*, gemeint ist abwertend Sekretär Wurm

397 in den Schuß: *vor das Gewehr*

398 zusammendresche: im Schwäbischen für *zusammenschlagen*

399 aufs Leder schreiben: *auf die Haut schreiben*

400 Wohinaus nun: *Was nun*

401 angeben: *anzeigen*

402 makeln lassen: *Geschäft vermitteln lassen*

403 Holz obendrein zugetragen: *das Feuer (der Liebe) noch angefacht*

404 Kuppelpelz: *für deine eigene Haut.* Anspielung für den Pelz als Lohn für Kuppelei.

Fünfte Szene

Ferdinand von Walter stürzt erschrocken und außer Atem ins Zimmer. Die Vorigen.

FERDINAND. War mein Vater da?

LUISE *fährt mit Schrecken auf.* Sein Vater! Allmächtiger Gott! *Zugleich.*

FRAU *schlägt die Hände zusammen.* Der Präsident! Es ist aus mit uns!

MILLER *lacht voll Bosheit.* Gottlob! Gottlob! Da haben wir ja die Bescherung!

FERDINAND *eilt auf Luisen zu und drückt sie stark in die Arme.* Mein bist du, und wärfen Höll und Himmel sich zwischen uns.

LUISE. Mein Tod ist gewiß – Rede weiter – Du sprachst einen schrecklichen Namen aus – dein Vater?

FERDINAND. Nichts. Nichts. Es ist überstanden. Ich hab dich ja wieder. Du hast mich ja wieder. O laß mich Atem schöpfen an dieser Brust. Es war eine schreckliche Stunde.

LUISE. Welche? Du tötest mich!

FERDINAND *tritt zurück und schaut sie bedeutend an.* Eine Stunde, Luise, wo zwischen mein Herz und dich eine fremde Gestalt sich warf – wo meine Liebe vor meinem Gewissen erblaßte – wo meine Luise aufhörte, ihrem Ferdinand alles zu sein – –

Luise sinkt mit verhülltem Gesicht auf den Sessel nieder.

FERDINAND *geht schnell auf sie zu, bleibt sprachlos mit starrem Blick vor ihr stehen, dann verläßt er sie plötzlich, in großer Bewegung.* Nein! Nimmermehr! Unmöglich, Lady! Zuviel verlangt! Ich kann dir diese Unschuld nicht opfern – Nein, beim unendlichen Gott! ich kann meinen Eid nicht verletzen, der mich laut wie des Himmels Donner aus diesem brechenden Auge[405] mahnt – Lady, blick hieher – hieher, du Rabenvater – Ich soll diesen Engel würgen? Die Hölle soll ich in diesen himmlischen Busen schütten? *Mit Entschluß auf sie zueilend.* Ich will sie führen vor des Weltrichters Thron[406], und ob[407] meine Liebe Verbrechen ist, soll der Ewige sagen. *Er faßt sie bei der Hand und hebt sie vom Sessel.* Fasse Mut, meine Teuerste! – Du hast gewonnen. Als Sieger komm ich aus dem gefährlichsten Kampf zurück.

LUISE. Nein! Nein! Verhehle mir nichts! Sprich es aus, das entsetzliche Urteil. Deinen Vater nanntest du? Du nanntest die Lady? – Schauer des Todes ergreifen mich – Man sagt, sie wird heiraten.

FERDINAND *stürzt betäubt zu Luisens Füßen nieder.* Mich, Unglückselige!

LUISE *nach einer Pause, mit stillem, bebendem Ton und schrecklicher Ruhe.* Nun – was erschreck ich denn? – Der alte Mann dort hat mirs ja oft gesagt – ich hab es ihm nie glauben wollen. *Pause. Dann wirft sie sich Millern laut weinend in den Arm.* Vater, hier ist deine Tochter wieder – Verzeihung, Vater – Dein Kind kann ja nicht dafür, daß dieser Traum so schön war, und – – so fürchterlich jetzt das Erwachen –

---

405 brechenden Auge: *müden Auge*

406 Weltrichters Thron: *Gottes Thron*

407 und ob: *und wenn*

2. Akt 5. Szene

MILLER. Luise! Luise! – O Gott, sie ist von sich[408] – Meine Tochter, mein armes Kind – Fluch über den Verführer! – Fluch über das Weib, das ihm kuppelte[409]!

FRAU (*wirft sich jammernd auf Luisen.*) Verdien ich diesen Fluch, meine Tochter? Vergebs Ihnen Gott, Baron – Was hat dieses Lamm getan, daß Sie es würgen?

FERDINAND (*springt an ihr auf*[410], *voll Entschlossenheit.*) Aber ich will seine Kabalen durchbohren[411] – durchreißen will ich alle diese eiserne Ketten des Vorurteils – Frei wie ein Mann will ich wählen, daß diese Insektenseelen[412] am Riesenwerk meiner Liebe hinaufschwindeln[413]. (*Er will fort.*)

LUISE (*zittert vom Sessel auf, folgt ihm.*) Bleib! Bleib! Wohin willst du? – Vater – Mutter – in dieser bangen[414] Stunde verläßt er uns?

FRAU (*eilt ihm nach, hängt sich an ihn.*) Der Präsident wird hieherkommen – Er wird unser Kind mißhandeln – Er wird uns mißhandeln – Herr von Walter, und Sie verlassen uns?

MILLER (*lacht wütend.*) Verläßt uns! Freilich! Warum nicht? – Sie gab ihm ja alles hin! (*Mit der einen Hand den Major, mit der andern Luisen fassend.*) Geduld, Herr! der Weg aus meinem Hause geht nur über diese da – Erwarte erst deinen Vater, wenn du kein Bube[415] bist – Erzähl es ihm, wie du dich in ihr Herz stahlst, Betrüger, oder bei Gott (*Ihm seine Tochter zuschleudernd, wild und heftig.*) du sollst mir zuvor diesen wimmernden Wurm zertreten, den Liebe zu dir so zuschanden richtete.

FERDINAND (*kommt zurück und geht auf und ab in tiefen Gedanken.*) Zwar die Gewalt des Präsidenten ist groß – Vaterrecht[416] ist ein weites Wort – der Frevel selbst kann sich in seinen Falten verstecken – er kann es weit damit treiben – Weit! – Doch aufs Äußerste treibts nur die Liebe – Hier, Luise! Deine Hand in die meinige (*Er faßt diese heftig.*) So wahr mich Gott im letzten Hauch[417] nicht verlassen soll! – Der Augenblick, der diese zwo[418] Hände trennt, zerreißt auch den Faden zwischen mir und der Schöpfung[419].

LUISE. Mir wird bange! Blick weg! Deine Lippen beben. Dein Auge rollt fürchterlich –

FERDINAND. Nein, Luise. Zittre nicht. Es ist nicht Wahnsinn, was aus mir redet. Es ist das köstliche Geschenk des Himmels, Entschluß in dem geltenden Augenblick, wo die gepreßte[420] Brust nur durch etwas Unerhörtes sich Luft macht – Ich liebe dich, Luise

- tritt für Luise ein
- gegen Präsident

408 sie ist von sich: *sie ist außer sich*

409 kuppelte: *verkuppelte*

410 an ihr auf: *vor ihr auf* (er steht energisch auf)

411 Kabalen durchbohren: *Intrigen zerschlagen*

412 Insektenseelen: als Ausdruck der Verachtung für *seelenlosen Menschen. Insekt* dabei als Metapher für die niedere Gesinnung.

413 hinaufschwindeln: *beim Hinaufschauen schwindelig werden*

414 bangen: *beklemmenden*

415 Bube: *Schurke*

416 Vaterrecht: Das Recht des Vaters innerhalb der Familie ist nahezu unbegrenzt. In der Familie hat er die herausragende Machtstellung. Durch seine Stellung als Präsident wird diese Macht umso größer.

417 im letzten Hauch: *beim letzten Atemzug*

418 zwo: *zwei*

419 Faden zwischen mir und der Schöpfung: *die Verbindung zwischen Vater und Sohn*

420 gepreßte: *niedergedrückte, erdrückte*

— Du sollst mir bleiben, Luise — Jetzt zu meinem Vater! *Er eilt schnell fort und rennt — gegen den Präsidenten*[421].

2. Akt 6. Szene

Sechste Szene

„Halten-Zu-Gnaden-Szene"

Der Präsident mit einem Gefolge von Bedienten. Vorige.

PRÄSIDENT *im Hereintreten.* Da ist er schon.

Alle erschrocken.

FERDINAND *weicht einige Schritte zurücke.* Im Hause der Unschuld.
PRÄSIDENT. Wo der Sohn Gehorsam gegen den Vater lernt?
FERDINAND. Lassen Sie uns das[422] — —
PRÄSIDENT *unterbricht ihn, zu Millern.* Er ist der Vater?
MILLER. Stadtmusikant Miller.
PRÄSIDENT *zur Frau.* Sie die Mutter?
FRAU. Ach ja! die Mutter.
FERDINAND *zu Millern.* Vater, bring Er die Tochter weg — Sie droht eine Ohnmacht[423].
PRÄSIDENT. Überflüssige Sorgfalt. Ich will sie anstreichen[424]. *Zu Luisen.* Wie lang kennt Sie den Sohn des Präsidenten?
LUISE. Diesem habe ich nie nachgefragt. Ferdinand von Walter besucht mich seit dem November.
FERDINAND. Betet sie an.
PRÄSIDENT. Erhielt Sie Versicherungen[425]?
FERDINAND. Vor wenigen Augenblicken die feierlichste im Angesicht Gottes.
PRÄSIDENT *zornig zu seinem Sohn.* Zur Beichte deiner Torheit wird man dir schon das Zeichen geben. *Zu Luisen.* Ich warte auf Antwort.
LUISE. Er schwur mir Liebe.
FERDINAND. Und wird sie halten.
PRÄSIDENT. Muß ich befehlen, daß du schweigst? — Nahm Sie den Schwur an?
LUISE *zärtlich.* Ich erwiderte ihn.
FERDINAND *mit fester Stimme.* Der Bund ist geschlossen.

421 gegen den Präsidenten: *dem Präsidenten entgegen*
422 Lassen Sie uns das: Verkürzung von *Lassen Sie uns das anderweitig (anderswo) diskutieren.*
423 Sie droht eine Ohnmacht: *Sie wird gleich ohnmächtig.*
424 anstreichen: ironische Bemerkung auf das bleiche Gesicht von Luise, er will sie *wieder beleben*
425 Versicherungen: *Heiratsversprechen*

PRÄSIDENT. Ich werde das Echo hinauswerfen lassen. *Boshaft zu Luisen.* Aber er bezahlte Sie doch jederzeit bar[426]?

LUISE *aufmerksam.* Diese Frage verstehe ich nicht ganz.

PRÄSIDENT *mit beißendem Lachen.* Nicht? Nun! ich meine nur – Jedes Handwerk hat, wie man sagt, seinen goldenen Boden – auch Sie, hoff ich, wird Ihre Gunst nicht verschenkt haben – oder wars Ihr vielleicht mit dem bloßen Verschluß[427] gedient? Wie?

FERDINAND *fährt wie rasend auf.* Hölle! was war das?

LUISE *zum Major mit Würde und Unwillen.* Herr von Walter, jetzt sind Sie frei[428].

FERDINAND. Vater! Ehrfurcht befiehlt die Tugend auch im Bettlerkleid.

PRÄSIDENT *lacht lauter.* Eine lustige Zumutung! Der Vater soll die Hure des Sohns respektieren.

LUISE *stürzt nieder.* O Himmel und Erde!

FERDINAND *mit Luisen zu gleicher Zeit, indem er den Degen nach dem Präsidenten zückt, den er aber schnell wieder sinken läßt.* Vater! Sie hatten einmal ein Leben an mich zu fodern[429] – Es ist bezahlt. *Den Degen einsteckend.* Der Schuldbrief der kindlichen Pflicht liegt zerrissen da –

MILLER *der bis jetzt furchtsam auf der Seite gestanden, tritt hervor in Bewegung, wechselsweis für[430] Wut mit den Zähnen knirschend und für[431] Angst damit klappernd.* Euer Exzellenz – Das Kind ist des Vaters Arbeit – Halten zu Gnaden[432] – Wer das Kind eine Mähre[433] schilt, schlägt den Vater ans Ohr, und Ohrfeig um Ohrfeig[434] – Das ist so Tax[435] bei uns – Halten zu Gnaden.

FRAU. Hilf, Herr und Heiland! – Jetzt bricht auch der Alte los – über unserm Kopf wird das Wetter[436] zusammenschlagen.

PRÄSIDENT *der es nur halb gehört hat.* Regt sich der Kuppler auch? – Wir sprechen uns gleich, Kuppler.

MILLER. Halten zu Gnaden. Ich heiße Miller, wenn Sie ein Adagio[437] hören wollen – mit Buhlschaften dien ich nicht. Solang der Hof da noch Vorrat hat, kommt die Lieferung nicht an uns Bürgersleut. Halten zu Gnaden.

FRAU. Um des Himmels willen, Mann! Du bringst Weib und Kind um.

FERDINAND. Sie spielen hier eine Rolle, mein Vater, wobei Sie sich wenigstens die Zeugen hätten ersparen können.

---

426 bezahlte jederzeit bar: Luise als Prostituierte als eine bewusste Beleidigung geäußert.

427 Verschluß: Anspielung auf den Geschlechtsverkehr

428 jetzt sind Sie frei: Luise reagiert auf die schamlosen Beleidigungen des Präsidenten und löst ihre Verbindung mit Ferdinand.

429 Sie hatten einmal ein Leben an mich zu fodern: *Ich verdankte ihnen einmal mein Leben.*

430 für: *vor*

431 für: *wie Anm. 430*

432 Halten zu Gnaden: *seien Sie mir gnädig* als Höflichkeitsformel

433 Mähre: *Stute,* als Schimpfwort – wie hier – für *liederliche Frau*

434 Ohrfeig um Ohrfeig: *Ohrfeige für Ohrfeige*

435 Tax: aus dem Französ. (*taxe*) für einen *festgesetzten Preis, eine Gebühr*

436 das Wetter: *das Unheil*

437 Adagio: aus der Musiksprache für ein *Musikstück mit langsamem, ruhigem Tempo*

MILLER *kommt ihm näher, herzhafter.* Teutsch und verständlich. Halten zu Gnaden. Euer Exzellenz schalten und walten im Land. Das ist meine Stube. Mein devotestes Kompliment[438], wenn ich dermaleins[439] ein Promemoria[440] bringe, aber den ungehobelten Gast werf ich zur Tür hinaus – Halten zu Gnaden.

PRÄSIDENT *vor Wut blaß.* Was? – Was ist das? *Tritt ihm näher.*

MILLER *zieht sich sachte zurück.* Das war nur so meine Meinung, Herr – Halten zu Gnaden.

PRÄSIDENT *in Flammen.* Ha, Spitzbube! Ins Zuchthaus spricht dich deine vermessene Meinung – Fort! Man soll Gerichtsdiener holen. *Einige vom Gefolg gehen ab; der Präsident rennt voll Wut durch das Zimmer.* Vater ins Zuchthaus – an den Pranger Mutter und Metze[441] von Tochter! – Die Gerechtigkeit soll meiner Wut ihre Arme borgen[442]. Für diesen Schimpf[443] muß ich schreckliche Genugtuung haben – Ein solches Gesindel sollte meine Plane[444] zerschlagen, und ungestraft Vater und Sohn aneinander hetzen? – Ha, Verfluchte! Ich will meinen Haß an eurem Untergang sättigen, die ganze Brut, Vater, Mutter und Tochter, will ich meiner brennenden Rache opfern.

FERDINAND *tritt gelassen und standhaft unter sie hin.* O nicht doch! Seid außer Furcht! Ich bin zugegen. *Zum Präsidenten mit Unterwürfigkeit.* Keine Übereilung, mein Vater! Wenn Sie sich selbst lieben, keine Gewalttätigkeit – Es gibt eine Gegend in meinem Herzen, worin das Wort Vater noch nie gehört worden ist – Dringen Sie nicht bis in diese.

PRÄSIDENT. Nichtswürdiger! Schweig! Reize meinen Grimm[445] nicht noch mehr.

MILLER *kommt aus einer dumpfen Betäubung zu sich selbst.* Schau du nach deinem Kinde, Frau. Ich laufe zum Herzog – Der Leibschneider[446] – das hat mir Gott – eingeblasen! der Leibschneider lernt die Flöte bei mir. Es kann mir nicht fehlen beim Herzog. *Er will gehen.*

PRÄSIDENT. Beim Herzog, sagst du? – Hast du vergessen, daß ich die Schwelle bin, worüber du springen oder den Hals brechen mußt? – Beim Herzog, du Dummkopf? – Versuch es, wenn du, lebendig tot, eine Turmhöhe tief unter dem Boden im Kerker liegst, wo die Nacht mit der Hölle liebäugelt, und Schall und Licht wieder umkehren, raßle dann mit deinen Ketten und wimmre: Mir ist zuviel geschehen!

---

438 devotestes Kompliment: *ehrerbietigste Empfehlung*

439 dermaleins: *einstmals*

440 Promemoria: *Gesuch, Bittschrift, Eingabe*

441 Metze: Bezeichnung für eine *Hure*

442 Gerechtigkeit ... ihre Arme borgen: *stillen*, hier bildhaft dafür, dass die Justiz für die Gerechtigkeit (des Präsidenten) sorgen soll.

443 diesen Schimpf: *diese Verspottung*

444 Plane: *Pläne*

445 Grimm: *Ärger, Zorn*

446 Leibschneider: *Schneider des Fürsten*

Siebente Szene

Gerichtsdiener. Die Vorigen.

FERDINAND *eilt auf Luisen zu, die ihm halbtot in den Arm fällt.* Luise! Hilfe! Rettung! Der Schrecken überwältigte sie.

Miller ergreift sein spanisches Rohr,[447] setzt den Hut auf und macht sich zum Angriff gefaßt. Frau wirft sich auf die Knie vor den Präsident.

PRÄSIDENT *zu den Gerichtsdienern, seinen Orden entblößend.* Legt Hand an im Namen des Herzogs – Weg von der Metze, Junge – Ohnmächtig oder nicht – Wenn sie nur erst das eiserne Halsband[448] um hat, wird man sie schon mit Steinwürfen[449] aufwecken.

FRAU. Erbarmung, Ihro Exzellenz! Erbarmung! Erbarmung!

MILLER *reißt seine Frau in die Höhe.* Knie vor Gott, alte Heulhure, und nicht vor – – Schelmen, weil ich ja doch schon ins Zuchthaus muß.

PRÄSIDENT *beißt die Lippen[450].* Du kannst dich verrechnen, Bube. Es stehen noch Galgen leer. *Zu den Gerichtsdienern.* Muß ich es noch einmal sagen?

Gerichtsdiener dringen auf Luisen ein.

FERDINAND *springt an ihr auf[451] und stellt sich vor sie, grimmig.* Wer will was? *Er zieht den Degen samt der Scheide und wehrt sich mit dem Gefäß[452].* Wag es, sie anzurühren, wer nicht auch die Hirnschale an die Gerichte vermietet hat. *Zum Präsidenten.* Schonen Sie Ihrer selbst. Treiben Sie mich nicht weiter, mein Vater.

PRÄSIDENT *drohend zu den Gerichtsdienern.* Wenn euch euer Brot lieb ist, Memmen[453] –

Gerichtsdiener greifen Luisen wieder an.

FERDINAND. Tod und alle Teufel! Ich sage: Zurück – Noch einmal. Haben Sie Erbarmen mit sich selbst. Treiben Sie mich nicht aufs Äußerste, Vater.

PRÄSIDENT *aufgebracht zu den Gerichtsdienern.* Ist das euer Diensteifer, Schurken?

Gerichtsdiener greifen hitziger an.

FERDINAND. Wenn es denn sein muß *Indem er den Degen zieht und einige von denselben verwundet,* so verzeih mir, Gerechtigkeit!

PRÄSIDENT *voll Zorn.* Ich will doch sehen, ob auch ich diesen Degen fühle. *Er faßt Luisen selbst, zerrt sie in die Höh und übergibt sie einem Gerichtsknecht.*

---

447 spanisches Rohr: *Spazierstock, Wanderstock*

448 eiserne Halsband: mit dem *Halseisen* wurden Verurteilte an den Pranger gekettet

449 Steinwürfen: *Steinigung* am Pranger

450 beißt die Lippen: *beißt sich auf die Lippen*

451 springt an ihr auf: *richtet sich vor ihm auf*

452 Gefäß: *Degengriff*

453 Memmen: *Feigling*

FERDINAND *lacht erbittert.* Vater, Vater, Sie machen hier ein beißendes Pasquill[454] auf die Gottheit, die sich so übel auf ihre Leute verstund und aus vollkommenen Henkersknechten schlechte Minister machte.

PRÄSIDENT *zu den übrigen.* Fort mit ihr!

FERDINAND. Vater, sie soll an dem Pranger stehn, aber mit dem Major, des Präsidenten Sohn – Bestehen Sie noch darauf?

PRÄSIDENT. Desto possierlicher[455] wird das Spektakel – Fort!

FERDINAND. Vater! ich werfe meinen Offiziersdegen auf das Mädchen – Bestehen Sie noch darauf?

PRÄSIDENT. Das Portepee[456] ist an deiner Seite des Prangerstehens gewohnt worden – Fort! Fort! Ihr wißt meinen Willen.

FERDINAND *drückt einen Gerichtsdiener weg, faßt Luisen mit einem Arm, mit dem andern zückt er den Degen auf sie.* Vater! Eh Sie meine Gemahlin beschimpfen, durchstoß ich sie – Bestehen Sie noch darauf?

PRÄSIDENT. Tu es, wenn deine Klinge auch spitzig ist[457].

FERDINAND *läßt Luisen fahren und blickt fürchterlich zum Himmel.* Du, Allmächtiger, bist Zeuge! Kein menschliches Mittel ließ ich unversucht – ich muß zu einem teuflischen schreiten – Ihr führt sie zum Pranger fort, unterdessen *Zum Präsidenten ins Ohr rufend* erzähl ich der Residenz eine Geschichte, wie man Präsident wird. *Ab.*

PRÄSIDENT *wie vom Blitz gerührt.* Was ist das? – Ferdinand – Laßt sie ledig[458]! *Er eilt dem Major nach.*

---

454 beißendes Pasquill: aus dem italienischen für *bittere Spottschrift*

455 possierlicher: *lustiger, spaßiger*

456 Portepee: im Französ. (*port-épée*) für *Degenquaste*

457 wenn deine Klinge auch spitzig ist: *wenn du Mut genug hast (und nicht nur drohst)*

458 Laßt sie ledig: *Lasst sie frei*

Dritter Akt

Erste Szene

Saal beim Präsidenten. Der Präsident und Sekretär Wurm kommen.

PRÄSIDENT. Der Streich war verwünscht[459].

WURM. Wie ich befürchtete, gnädiger Herr. Zwang erbittert die Schwärmer immer, aber bekehrt sie nie.

PRÄSIDENT. Ich hatte mein bestes Vertrauen in diesen Anschlag gesetzt. Ich urteilte so: Wenn das Mädchen beschimpft wird, muß er, als Offizier, zurücktreten.

WURM. Ganz vortrefflich. Aber zum Beschimpfen hätt es auch kommen sollen.

PRÄSIDENT. Und doch – wenn ich es jetzt mit kaltem Blut[460] überdenke – Ich hätte mich nicht sollen eintreiben[461] lassen. Es war eine Drohung, woraus er wohl nimmermehr Ernst gemacht hätte.

WURM. Das denken Sie ja nicht. Der gereizten Leidenschaft ist keine Torheit zu bunt[462]. Sie sagen mir, der Herr Major habe immer den Kopf zu Ihrer Regierung geschüttelt. Ich glaubs. Die Grundsätze, die er aus Akademien[463] hieher brachte, wollten mir gleich nicht recht einleuchten. Was sollten auch die phantastischen Träumereien von Seelengröße und persönlichem Adel an einem Hof, wo die größte Weisheit diejenige ist, im rechten Tempo, auf eine geschickte Art, groß und klein zu sein. Er ist zu jung und zu feurig, um Geschmack am langsamen, krummen Gang der Kabale zu finden, und nichts wird seine Ambition[464] in Bewegung setzen, als was groß ist und abenteuerlich.

PRÄSIDENT *verdrüßlich.* Aber was wird diese wohlweise Anmerkung an unserm Handel[465] verbessern?

WURM. Sie wird Euer Exzellenz auf die Wunde hinweisen und auch vielleicht auf den Verband. Einen solchen Charakter – erlauben Sie – hätte man entweder nie zum Vertrauten, oder niemals zum Feind machen sollen. Er verabscheut das Mittel, wodurch Sie gestiegen sind[466]. Vielleicht war es bis jetzt nur der Sohn, der die Zunge des Verräters band. Geben Sie ihm Gelegenheit, jenen rechtmäßig abzuschütteln. Machen Sie ihn

---

459 Der Streich war verwünscht: *Der Schachzug ging schief.*

460 mit kaltem Blut: *nüchtern*

461 eintreiben: *einschüchtern, in die Enge treiben*

462 zu bunt: hier in der Bedeutung von *zu viel*

463 Akademien: aus der *Universität*

464 Ambition: aus dem Französ. für *Ehrgeiz*

465 Handel: *Geschäft*

466 das Mittel ... gestiegen sind: Intrigen, auf die der Präsident seine Karriere begründet.

durch wiederholte Stürme auf seine Leidenschaft glauben, daß Sie der zärtliche Vater nicht sind, so dringen die Pflichten des Patrioten bei ihm vor. Ja, schon allein die seltsame Phantasie, der Gerechtigkeit ein so merkwürdiges Opfer zu bringen, könnte Reiz genug für ihn haben, selbst seinen Vater zu stürzen.

PRÄSIDENT. Wurm – Wurm – Er führt mich da vor einen entsetzlichen Abgrund.

WURM. Ich will sie zurückführen, gnädiger Herr. Darf ich freimütig reden?

PRÄSIDENT (*indem er sich niedersetzt.*) Wie ein Verdammter zum Mitverdammten.

WURM. Also verzeihen Sie – Sie haben, dünkt mich, der biegsamen Hofkunst den ganzen Präsidenten zu danken, warum vertrauten Sie ihr nicht auch den Vater an? Ich besinne mich, mit welcher Offenheit Sie Ihren Vorgänger damals zu einer Partie Piquet[467] beredeten, und bei ihm die halbe Nacht mit freundschaftlichem Burgunder[468] hinwegschwemmten, und das war doch die nämliche Nacht, wo die große Mine[469] losgehen und den guten Mann in die Luft blasen sollte – Warum zeigten Sie Ihrem Sohne den Feind? Nimmermehr hätte dieser erfahren sollen, daß ich um seine Liebesangelegenheit wisse. Sie hätten den Roman[470] von Seiten des Mädchens unterhöhlt, und das Herz Ihres Sohnes behalten. Sie hätten den klugen General gespielt, der den Feind nicht am Kern seiner Truppen faßt, sondern Spaltungen unter den Gliedern stiftet.

PRÄSIDENT. Wie war das zu machen?

WURM. Auf die einfachste Art – und die Karten sind noch nicht ganz vergeben. Unterdrücken Sie eine Zeit lang, daß Sie Vater sind. Messen Sie sich mit einer Leidenschaft nicht, die jeder Widerstand nur mächtiger machte – Überlassen Sie es mir, an ihrem eigenen Feuer den Wurm auszubrüten, der sie zerfrißt.

PRÄSIDENT. Ich bin begierig.

WURM. Ich müßte mich schlecht auf den Barometer[471] der Seele verstehen, oder der Herr Major ist in der Eifersucht schrecklich wie in der Liebe. Machen Sie ihm das Mädchen verdächtig – – Wahrscheinlich oder nicht. Ein Gran[472] Hefe reicht hin, die ganze Masse in eine zerstörende Gärung zu jagen.

PRÄSIDENT. Aber woher diesen Gran nehmen?

WURM. Da sind wir auf dem Punkt – Vor allen Dingen, gnädiger Herr, erklären Sie sich mir, wieviel Sie bei der fernern[473] Weigerung des Majors auf dem Spiel haben – in welchem Grade es Ihnen wichtig ist, den Roman mit dem Bürgermädchen zu endigen, und die Verbindung mit Lady Milford zustand zu bringen?

PRÄSIDENT. Kann Er noch fragen, Wurm? – Mein ganzer Einfluß ist in Gefahr, wenn die Partie mit der Lady zurückgeht[474], und wenn ich den Major zwinge, mein Hals.

---

467 Partie Piquet: Piquet ist ein franz. *Kartenspiel* für zwei Personen.

468 Burgunder: eine *Weinsorte* aus Burgund

469 die große Mine: *der große Anschlag* hier bildhaft als Minenexplosion

470 Roman: *Unterhaltungsliteratur*, hier gemeint als *Schnulzenroman*

471 den Barometer: *das Barometer*

472 Gran: altes Apothekergewicht aus dem Latein (*granum*) für *Korn* als die kleinste Einheit

473 fernern: *weiterer*

474 Partie mit der Lady zurückgeht: Redewendung aus dem Kartenspiel, bedeutet *wenn die Partie (Heirat) mit der Lady verloren geht*

WURM *munter.* Jetzt haben Sie die Gnade und hören. – Den Herrn Major umspinnen wir mit List. Gegen das Mädchen nehmen wir Ihre ganze Gewalt zu Hilfe. Wir diktieren ihr ein Billetdoux[475] an eine dritte Person in die Feder, und spielen das mit guter Art dem Major in die Hände.

PRÄSIDENT. Toller Einfall! Als ob sie sich so geschwind hin bequemen würde, ihr eigenes Todesurteil zu schreiben?

WURM. Sie muß, wenn Sie mir freie Hand lassen wollen. Ich kenne das gute Herz auf und nieder[476]. Sie hat nicht mehr als zwo tödliche Seiten, durch welche wir ihr Gewissen bestürmen können – ihren Vater und den Major. Der letztere bleibt ganz und gar aus dem Spiel, desto freier können wir mit dem Musikanten umspringen.

PRÄSIDENT. Als zum Exempel[477]?

WURM. Nach dem, was Euer Exzellenz mir von dem Auftritt in seinem Hause gesagt haben, wird nichts leichter sein, als den Vater mit einem Halsprozeß[478] zu bedrohen. Die Person des Günstlings und Siegelbewahrers[479] ist gewissermaßen der Schatten der Majestät – Beleidigungen gegen jenen sind Verletzungen dieser – Wenigstens will ich den armen Schächer[480] mit diesem zusammengeflickten Kobold[481] durch ein Nadelöhr jagen[482].

PRÄSIDENT. Doch – ernsthaft dürfte der Handel nicht werden.

WURM. Ganz und gar nicht – Nur insoweit als es nötig ist, die Familie in die Klemme zu treiben – Wir setzen also in aller Stille den Musikus fest – Die Not um so dringender zu machen, könnte man auch die Mutter mitnehmen, – sprechen von peinlicher Anklage[483], von Schafott[484], von ewiger Festung[485], und machen den Brief der Tochter zur einzigen Bedingnis seiner Befreiung.

PRÄSIDENT. Gut! Gut! Ich verstehe.

WURM. Sie liebt ihren Vater – bis zur Leidenschaft möcht ich sagen. Die Gefahr seines Lebens – seiner Freiheit zum mindesten – Die Vorwürfe ihres Gewissens, den Anlaß dazu gegeben zu haben – Die Unmöglichkeit, den Major zu besitzen – endlich die Betäubung ihres Kopfs[486], die ich auf mich nehme – Es kann nicht fehlen – Sie muß in die Falle gehn.

PRÄSIDENT. Aber mein Sohn? Wird der nicht auf der Stelle Wind davon haben? Wird er nicht wütender werden?

---

475 Billetdoux: französ. für *Liebesbrief*

476 auf und nieder: *durch und durch, nur zu gut*

477 Als zum Exempel: *Wie zum Beispiel?*

478 Halsprozeß: dem peinlichen Gericht (Strafgericht) übergeben, das über die Todesstrafe bestimmt

479 Siegelbewahrer: der das fürstliche Siegel führt, der *Stellvertreter des Fürsten*

480 armer Schächer: *armer Schuft*

481 zusammengeflickten Kobold: *zusammengelogenen Schreckgespenst*

482 durch ein Nadelöhr jagen: Im Matthäus-Evangelium (Matth. 19, 24) heißt es: „Und weiter sage ich euch: Es ist leichter, daß ein Kamel durch ein Nadelöhr gehe, denn daß ein Reicher ins Reich Gottes komme." Es ist hier also der Versuch, das Unmögliche möglich zu machen.

483 peinlicher Anklage: vor dem peinlichen Gericht, dem Strafgericht

484 Schafott: aus dem Französ. für das *Gerüst, die Erhöhung, auf der Hinrichtungen stattfanden*

485 ewiger Festung: *lebenslänglicher Haft*

486 Betäubung ihres Kopfs: er will ihr Angst einjagen und sie verwirren

WURM. Das lassen Sie meine Sorge sein, gnädiger Herr – Vater und Mutter werden nicht eher freigelassen, bis die ganze Familie einen körperlichen Eid[487] darauf abgelegt, den ganzen Vorgang geheimzuhalten und den Betrug zu bestätigen.

PRÄSIDENT. Einen Eid? Was wird ein Eid fruchten, Dummkopf?

WURM. Nichts bei uns, gnädiger Herr. Bei dieser Menschenart alles[488] – Und sehen Sie nun, wie schön wir beide auf diese Manier[489] zum Ziel kommen werden – Das Mädchen verliert die Liebe des Majors und den Ruf ihrer Tugend[490]. Vater und Mutter ziehen gelindere Saiten auf[491], und durch und durch weich gemacht von Schicksalen dieser Art, erkennen sies noch zuletzt für Erbarmung[492], wenn ich der Tochter durch meine Hand ihre Reputation[493] wiedergebe.

PRÄSIDENT *lacht unter Kopfschütteln.* Ja! ich gebe mich dir überwunden[494], Schurke. Das Geweb ist satanisch fein. Der Schüler übertrifft seinen Meister – – Nun ist die Frage, an wen das Billett[495] muß gerichtet werden? Mit wem wir sie in Verdacht bringen müssen?

WURM. Notwendig mit jemand, der durch den Entschluß Ihres Sohnes alles gewinnen oder alles verlieren muß.

PRÄSIDENT *nach einigem Nachdenken.* Ich weiß nur den Hofmarschall.

WURM *zuckt die Achseln.* Mein Geschmack wär er nun freilich nicht, wenn ich Luise Millerin hieße.

PRÄSIDENT. Und warum nicht? Wunderlich! Eine blendende Garderobe – eine Atmosphäre von Eau de mille fleurs[496] und Bisam[497] – auf jedes alberne Wort eine Handvoll Dukaten[498] – und alles das sollte die Delikatesse einer bürgerlichen Dirne nicht endlich bestechen können? – O guter Freund. So skrupulös[499] ist die Eifersucht nicht. Ich schicke zum Marschall. *Klingelt.*

WURM. Unterdessen, daß Euer Exzellenz dieses und die Gefangennehmung des Geigers besorgen, werd ich hingehen und den bewußten Liebesbrief aufsetzen.

PRÄSIDENT (*zum Schreibpult gehend*) Den Er mir zum Durchlesen herauf bringt, sobald es zustand sein[500] wird. (*Wurm geht ab. Der Präsident setzt sich zu schreiben; ein Kammer-*

---

487 körperlichen Eid: *feierlichen Schwur*, körperlich durch die Haltung beim Schwur mit der Hand auf der Bibel.

488 dieser Menschenart alles: bei den Bürgern ist das Wort bindend

489 Manier: *Weise, Art*

490 Ruf ihrer Tugend: *ihren guten Ruf*

491 ziehen gelindere Saiten auf: in der Umgangssprache für *sind weniger streng*

492 für Erbarmung: *als Erbarmen*

493 Reputation: *Ehre, Ruf*

494 dir überwunden: *dir geschlagen*

495 das Billett: aus dem Französ. für *der Brief*

496 Eau de mille fleurs: ein Parfum, französ. für *Wasser von tausend Blumen*

497 Bisam: *Moschus*

498 auf jedes alberne Wort eine Handvoll Dukaten: *Er ist so reich wie er reich an albernden Worten ist.*

499 skrupulös: *ängstlich*

500 zustand sein: *fertig sein, geschrieben sein*

diener kommt; er steht auf und gibt ihm ein Papier.) Dieser Verhaftsbefehl[501] muß ohne Aufschub in die Gerichte – ein andrer von euch wird den Hofmarschall zu mir bitten.

KAMMERDIENER. Der gnädige Herr sind soeben hier angefahren[502].

PRÄSIDENT. Noch besser – Aber die Anstalten sollen mit Vorsicht getroffen werden, sagt Ihr, daß kein Aufstand[503] erfolgt.

KAMMERDIENER. Sehr wohl, Ihr' Exzellenz!

PRÄSIDENT. Versteht Ihr? Ganz in der Stille.

KAMMERDIENER. Ganz gut, Ihr' Exzellenz. *Ab.*

Zweite Szene

Der Präsident und der Hofmarschall.

HOFMARSCHALL *(eilfertig.)* Nur en passant[504], mein Bester. – Wie leben Sie? Wie befinden Sie sich? – Heute abend ist große Opera Dido[505] – das süperbeste[506] Feuerwerk – eine ganze Stadt brennt zusammen – Sie sehen sie doch auch brennen? Was?

PRÄSIDENT. Ich habe Feuerwerks genug in meinem eigenen Hause, das meine ganze Herrlichkeit in die Luft nimmt – Sie kommen erwünscht, lieber Marschall, mir in einer Sache zu raten, tätig zu helfen, die uns beide poussiert[507] oder völlig zugrund richtet. Setzen Sie sich.

HOFMARSCHALL. Machen Sie mir nicht angst, mein Süßer.

PRÄSIDENT. Wie gesagt – poussiert oder ganz zugrund richtet. Sie wissen mein Projekt mit dem Major und der Lady. Sie begreifen auch, wie unentbehrlich es war, unser beider Glück zu fixieren[508]. Es kann alles zusammenfallen, Kalb. Mein Ferdinand will nicht.

HOFMARSCHALL. Will nicht – will nicht – ich habs ja in der ganzen Stadt schon herumgesagt. Die Mariage[509] ist ja in jedermanns Munde.

---

501 Verhaftsbefehl: *Haftbefehl*

502 angefahren: *mit der Kutsche angekommen*

503 Aufstand: *Aufsehen*

504 en passant: französ. für *beiläufig, im Vorübergehen, ganz kurz*

505 Opera Dido: *Der Tod der Dito*, eine Oper von Niccolo Jommeli, der eine Zeitlang Hofkapellmeister am Hof von Herzog Carl Eugen in Stuttgart war. Schiller hatte einer Aufführung der Oper 1784 persönlich beigewohnt. In ihr wird die Zerstörung von Karthago thematisiert.

506 süperbeste: aus dem Französ. *superbe* für *allerbeste*

507 poussiert: *aufsteigen, emporsteigen* in der Karriere

508 fixieren: *vereinbaren, festigen*

509 Mariage: *Hochzeit*

PRÄSIDENT. Sie können vor der ganzen Stadt als Windmacher[510] dastehen. Er liebt eine andere.

HOFMARSCHALL. Sie scherzen. Ist das auch wohl ein Hindernis?

PRÄSIDENT. Bei dem Trotzkopf das unüberwindlichste.

HOFMARSCHALL. Er sollte so wahnsinnig sein, und sein Fortune[511] von sich stoßen? Was?

PRÄSIDENT. Fragen Sie ihn das und hören Sie, was er antwortet.

HOFMARSCHALL. Aber mon Dieu[512]! Was kann er denn antworten?

PRÄSIDENT. Daß er der ganzen Welt das Verbrechen entdecken wolle, wodurch wir gestiegen sind – daß er unsere falschen Briefe und Quittungen angeben – daß er uns beide ans Messer liefern wolle – Das kann er antworten.

HOFMARSCHALL. Sind Sie von Sinnen?

PRÄSIDENT. Das hat er geantwortet. Das war er schon willens ins Werk zu richten[513] – Davon hab ich ihn kaum noch durch meine höchste Erniedrigung abgebracht. Was wissen Sie hierauf zu sagen?

HOFMARSCHALL (*mit einem Schafsgesicht*) Mein Verstand steht still.

PRÄSIDENT. Das könnte noch hingehen. Aber zugleich hinterbringen mir meine Spionen, daß der Oberschenk von Bock[514] auf dem Sprunge sei, um die Lady zu werben.

HOFMARSCHALL. Sie machen mich rasend. Wer sagen Sie? Von Bock, sagen Sie? – Wissen Sie denn auch, daß wir Todfeinde zusammen sind[515]? Wissen Sie auch, warum wir es sind?

PRÄSIDENT. Das erste Wort, das ich höre.

HOFMARSCHALL. Bester! Sie werden hören und aus der Haut werden Sie fahren – Wenn Sie sich noch des Hofballs entsinnen – – es geht jetzt ins einundzwanzigste Jahr – wissen Sie, worauf man den ersten Englischen[516] tanzte, und dem Grafen von Meerschaum das heiße Wachs von einem Kronleuchter auf den Domino[517] tröpfelte – Ach Gott! das müssen Sie freilich noch wissen!

PRÄSIDENT. Wer könnte so was vergessen?

HOFMARSCHALL. Sehen Sie! Da hatte Prinzessin Amalie in der Hitze des Tanzes ein Strumpfband verloren. – Alles kommt, wie begreiflich ist, in Alarm[518] – von Bock und ich – Wir waren noch Kammerjunker[519] – wir kriechen durch den ganzen Redoutensaal[520], das Strumpfband zu suchen – endlich erblick ichs – von Bock merkts – von

---

510 Windmacher: *Schwätzer*

511 Fortune: französ. für *Glück*

512 mon Dieu: französ. für *mein Gott*

513 ins Werk zu richten: *in die Tat umzusetzen*

514 Oberschenk von Bock: ein Beamter am Hofe, der Mundschenk, der für die Getränke am Hof sorgte

515 wir Todfeinde zusammen sind: *wir einander Todfeinde sind*

516 Englischen: ein Gesellschaftstanz, die *Anglaise*, ein Rund- und Reigentanz

517 Domino: ein langer *schwarzer Umhang mit Kapuze* für den Maskenball

518 in Alarm: *in Aufregung*

519 Kammerjunker: junge Edelleute als Kammer-Bedienstete des Fürsten, die im Rang zwischen Kammerherren und Kammerpagen standen

520 Redoutensaal: im Französ. steht *Redoute* für eine *festliche Veranstaltung*, einen *Maskenball*, hier der *Saal des Maskenballs*

Bock darauf zu – reißt es mir aus den Händen – ich bitte Sie! – bringts der Prinzessin und schnappt mir glücklich das Kompliment weg – Was denken Sie?

PRÄSIDENT. Impertinent[521]!

HOFMARSCHALL. Schnappt mir das Kompliment weg – Ich meine in Ohnmacht zu sinken. Eine solche Malice[522] ist gar nicht erlebt worden. – Endlich ermann[523] ich mich, nähere mich Ihrer Durchlaucht und spreche: Gnädigste Frau! von Bock war so glücklich, Höchstdenenselben das Strumpfband zu überreichen, aber wer das Strumpfband zuerst erblickte, belohnt sich in der Stille und schweigt.

PRÄSIDENT. Bravo, Marschall! Bravissimo!

HOFMARSCHALL. Und schweigt – Aber ich werds dem von Bock bis zum Jüngsten Gerichte noch nachtragen – der niederträchtige, kriechende Schmeichler! – und das war noch nicht genug – wie wir beide zugleich auf das Strumpfband zu Boden fallen, wischt mir von Bock an der rechten Frisur allen Puder[524] weg, und ich bin ruiniert auf den ganzen Ball.

PRÄSIDENT. Das ist der Mann, der die Milford heuraten, und die erste Person am Hof werden wird.

HOFMARSCHALL. Sie stoßen mir ein Messer ins Herz. Wird? Wird? Warum wird er? Wo ist die Notwendigkeit?

PRÄSIDENT. Weil mein Ferdinand nicht will, und sonst keiner sich meldet.

HOFMARSCHALL. Aber wissen Sie denn gar kein einziges Mittel, den Major zum Entschluß zu bringen? – – Seis auch noch so bizarr! so verzweifelt! – Was in der Welt kann so widrig sein, das uns jetzt nicht willkommen wäre, den verhaßten von Bock auszustechen?

PRÄSIDENT. Ich weiß nur eines, und das bei Ihnen steht[525].

HOFMARSCHALL. Bei mir steht? Und das ist?

PRÄSIDENT. Den Major mit seiner Geliebten zu entzweien.

HOFMARSCHALL. Zu entzweien? Wie meinen Sie das? – und wie mach ich das?

PRÄSIDENT. Alles ist gewonnen, sobald wir ihm das Mädchen verdächtig machen.

HOFMARSCHALL. Daß sie stehle, meinen Sie?

PRÄSIDENT. Ach nein doch! Wie glaubte er das? – daß sie es noch mit einem andern habe.

HOFMARSCHALL. Dieser andre?

PRÄSIDENT. Müßten Sie sein, Baron.

HOFMARSCHALL. Ich sein? Ich? – Ist von Adel?

PRÄSIDENT. Wozu das, Welcher Einfall! – eines Musikanten Tochter.

HOFMARSCHALL. Bürgerlich also? Das wird nicht angehen. Was?

---

521 Impertinent: *unerhört*

522 Malice: französ. für *Bosheit, Arglist*

523 ermannen: *aufraffen*

524 an der rechten Frisur allen Puder weg: *an der rechten Seite der (gepuderten) Perücke den ganzen Puder weg*

525 das bei Ihnen steht: *das steht nur in ihrer Macht*

PRÄSIDENT. Was wird nicht angehen? Narrenspossen[526]! Wem unter der Sonne wird es einfallen, ein paar runde Wangen nach dem Stammbaum zu fragen?

HOFMARSCHALL. Aber bedenken Sie doch, ein Ehmann[527]! Und meine Reputation[528] bei Hofe!

PRÄSIDENT. Das ist was anders. Verzeihen Sie. Ich hab das noch nicht gewußt, daß Ihnen der Mann von unbescholtenen Sitten mehr ist als der von Einfluß. Wollen wir abbrechen?

HOFMARSCHALL. Seien Sie klug, Baron. Es war ja nicht so verstanden.

PRÄSIDENT *frostig*. Nein – nein! Sie haben vollkommen recht. Ich bin es auch müde. Ich lasse den Karren stehen[529]. Dem von Bock wünsch ich Glück zum Premierminister[530]. Die Welt ist noch anderswo. Ich fodre meine Entlassung vom Herzog.

HOFMARSCHALL. Und ich? – Sie haben gut schwatzen, Sie! Sie sind ein Stuttierter[531]! Aber ich – Mon Dieu! was bin dann ich, wenn mich Seine Durchleucht entlassen?

PRÄSIDENT. Ein Bonmot[532] von vorgestern. Die Mode vom vorigen Jahr.

HOFMARSCHALL. Ich beschwöre Sie, Teurer, Goldner! – Ersticken Sie diesen Gedanken! Ich will mir ja alles gefallen lassen.

PRÄSIDENT. Wollen Sie Ihren Namen zu einem Rendezvous[533] hergeben, den Ihnen diese Millerin schriftlich vorschlagen soll?

HOFMARSCHALL. Im Namen Gottes! Ich will ihn hergeben.

PRÄSIDENT. Und den Brief irgendwo herausfallen lassen, wo er dem Major zu Gesicht kommen muß?

HOFMARSCHALL. Zum Exempel[534] auf der Parade will ich ihn als von ohngefähr[535], mit dem Schnupftuch[536] herausschleudern.

PRÄSIDENT. Und die Rolle ihres Liebhabers gegen den Major behaupten?

HOFMARSCHALL. Mort de ma vie[537]! Ich will ihn schon waschen[538]! Ich will dem Naseweis den Appetit nach meinen Amouren[539] verleiden.

PRÄSIDENT. Nun gehts nach Wunsch. Der Brief muß noch heute geschrieben sein. Sie müssen vor Abend noch herkommen, ihn abzuholen und Ihre Rolle mit mir zu berichtigen[540].

---

526 Narrenspossen: *Unsinn*

527 Ehmann: *Ehemann*

528 Reputation: *Ruf, Ansehen*

529 Ich lasse den Karren stehen: Redewendung für *ich lass es bleiben*

530 Premierminister: oberster Minister des Fürsten

531 Stuttierter: im Schwäbischen für *Akademiker*

532 Bonmot: französ. für *Witz, witzer Einfall, geistreiche Bemerkung*

533 Rendezvous: französ. für *Stelldichein*

534 Zum Exempel: *Zum Beispiel*

535 als von ohngefähr: *wie zufällig*

536 Schnupftuch: *Taschentuch*

537 Mort de ma vie: französ. für *bei meinem Leben*

538 waschen: im Schwäbischen für *beschwatzen*

539 Amouren: aus dem Französ. für *Liebschaften*

540 berichtigen: *besprechen*

HOFMARSCHALL. Sobald ich sechszehn Visiten[541] werde gegeben haben, die von allerhöchster Importance[542] sind. Verzeihen Sie also, wenn ich mich ohne Aufschub beurlaube. *Geht.*

PRÄSIDENT *klingelt.* Ich zähle auf Ihre Verschlagenheit, Marschall.

HOFMARSCHALL *ruft zurück.* Ah, mon Dieu! Sie kennen mich ja.

Dritte Szene

Der Präsident und Wurm.

WURM. Der Geiger und seine Frau sind glücklich und ohne alles Geräusch in Verhaft[543] gebracht. Wollen Euer Exzellenz jetzt den Brief überlesen?

PRÄSIDENT *nachdem er gelesen.* Herrlich! Herrlich, Sekretär! Auch der Marschall hat angebissen! – Ein Gift wie das müßte die Gesundheit selbst in eiternden Aussatz[544] verwandeln – Nun gleich mit den Vorschlägen zum Vater, und dann warm[545] zu der Tochter.

Gehn ab zu verschiedenen Seiten.

Vierte Szene

Höhepunkt des Dramas
- Ferdinand + Luise finden wieder zsm + Entscheidung muss getroffen werden

Zimmer in Millers Wohnung. Luise und Ferdinand.

LUISE. Ich bitte dich, höre auf. Ich glaube an keine glückliche Tage mehr. Alle meine Hoffnungen sind gesunken.

FERDINAND. So sind die meinigen gestiegen. Mein Vater ist aufgereizt. Mein Vater wird alle Geschütze gegen uns richten. Er wird mich zwingen, den unmenschlichen Sohn zu machen. Ich stehe nicht mehr für[546] meine kindliche Pflicht. Wut und Verzweiflung werden mir das schwarze Geheimnis seiner Mordtat erpressen. Der Sohn wird den Vater in

541 Visiten: aus dem Französ. für *Besuche.* Dies gehörte zum Alltag von Adeligen.

542 Importance: französ. für *Wichtigkeit*

543 in Verhaft: *gefangen genommen*

544 eiternden Aussatz: *von Eiter bedeckte Geschwüre*

545 warm: *sofort*

546 Ich stehe nicht mehr für: *Ich bin nicht mehr für* bzw. *ich bin gegen*

die Hände des Henkers liefern — Es ist die höchste Gefahr — — und die höchste Gefahr mußte da sein, wenn meine Liebe den Riesensprung wagen sollte. — — Höre, Luise — ein Gedanke, groß und vermessen wie meine Leidenschaft, drängt sich vor meine Seele — Du, Luise, und ich und die Liebe! — — Liegt nicht in diesem Zirkel[547] der ganze Himmel? oder brauchst du noch etwas Viertes dazu?

LUISE. Brich ab. Nichts mehr. Ich erblasse über das, was du sagen willst.

FERDINAND. Haben wir an die Welt keine Foderung mehr, warum denn ihren Beifall erbetteln? Warum wagen, wo nichts gewonnen wird und alles verloren werden kann? — Wird dieses Aug nicht ebenso schmelzend funkeln, ob es im Rhein oder in der Elbe sich spiegelt oder im Baltischen Meer[548]? Mein Vaterland ist, wo mich Luise liebt. Deine Fußtapfe[549] in wilden, sandigten[550] Wüsten mir interessanter als das Münster in meiner Heimat — Werden wir die Pracht der Städte vermissen? Wo wir sein mögen, Luise, geht eine Sonne auf, eine unter — Schauspiele, neben welchen der üppigste Schwung[551] der Künste verblaßt. Werden wir Gott in keinem Tempel mehr dienen, so ziehet die Nacht mit begeisternden Schauern auf, der wechselnde Mond predigt uns Buße, und eine andächtige Kirche[552] von Sternen betet mit uns. Werden wir uns in Gesprächen der Liebe erschöpfen? — Ein Lächeln meiner Luise ist Stoff für Jahrhunderte, und der Traum des Lebens ist aus, bis ich diese Träne ergründe.

LUISE. Und hättest du sonst keine Pflicht mehr als deine Liebe?

FERDINAND *sie umarmend.* Deine Ruhe ist meine heiligste.

LUISE *sehr ernsthaft.* So schweig und verlaß mich — Ich habe einen Vater, der kein Vermögen hat als diese einzige Tochter — der morgen sechzig alt wird — der der Rache des Präsidenten gewiß ist. —

FERDINAND *fällt rasch ein.* Der uns begleiten wird. Darum keinen Einwurf[553] mehr, Liebe. Ich gehe, mache meine Kostbarkeiten zu Geld, erhebe Summen auf meinen Vater[554]. Es ist erlaubt, einen Räuber zu plündern, und sind seine Schätze nicht Blutgeld des Vaterlands? — Schlag ein Uhr um Mitternacht wird ein Wagen hier anfahren. Ihr werft euch hinein. Wir fliehen.

LUISE. Und der Fluch deines Vaters uns nach — ein Fluch, Unbesonnener, den auch Mörder nie ohne Erhörung[555] aussprechen, den die Rache des Himmels auch dem Dieb auf dem Rade hält[556], der uns Flüchtlinge, unbarmherzig wie ein Gespenst, von Meer zu

---

547 Zirkel: *Kreis*

548 Baltischen Meer: die *Ostsee*

549 Fußtapfe: *Fußspur*

550 sandigten: *sandigen*

551 üppigste Schwung: *begeisterte Blüte*

552 Kirche: hier im Sinn von *Gemeinde, Versammlung*

553 Einwurf: *Einwand*

554 erhebe Summen auf meinen Vater: *leihe mir Geld im Namen meines Vaters*

555 ohne Erhörung: *ungehört*

556 auf dem Rade hält: eine Anspielung auf das *Rädern* als eine grausame Foltermethode, bei der dem auf dem Rade festgebundenen Verurteilten nach und nach sämtliche Knochen gebrochen wurden.

Meer jagen würde? – Nein, mein Geliebter! Wenn nur ein Frevel[557] dich mir erhalten kann, so hab ich noch Stärke, dich zu verlieren.

FERDINAND *steht still und murmelt düster.* Wirklich?

LUISE. Verlieren! – O ohne Grenzen entsetzlich ist der Gedanke – Gräßlich genug, den unsterblichen Geist zu durchbohren, und die glühende Wange der Freude zu bleichen – Ferdinand! dich zu verlieren! – Doch! man verliert ja nur, was man besessen hat, und dein Herz gehört deinem Stande[558] – Mein Anspruch war Kirchenraub[559], und schauernd geb ich ihn auf.

FERDINAND *das Gesicht verzerrt und an der Unterlippe nagend.* Gibst du ihn auf.

LUISE. Nein! Sieh mich an, lieber Walter. Nicht so bitter die Zähne geknirscht. Komm! Laß mich jetzt deinen sterbenden Mut durch mein Beispiel beleben. Laß mich die Heldin dieses Augenblicks sein – einem Vater den entflohenen Sohn wiederschenken – einem Bündnis entsagen, das die Fugen der Bürgerwelt auseinandertreiben, und die allgemeine ewige Ordnung zugrund stürzen würde – Ich bin die Verbrecherin – mit frechen, törichten Wünschen hat sich mein Busen getragen – mein Unglück ist meine Strafe, so laß mir doch jetzt die süße, schmeichelnde Täuschung, daß es mein Opfer war – Wirst du mir diese Wollust mißgönnen?

Ferdinand hat in der Zerstreuung und Wut eine Violine ergriffen und auf derselben zu spielen versucht – Jetzt zerreißt er die Saiten, zerschmettert das Instrument auf dem Boden und bricht in ein lautes Gelächter aus.

LUISE. Walter! Gott im Himmel! Was soll das? – Ermanne dich[560]. Fassung verlangt diese Stunde – es ist eine trennende. Du hast ein Herz, lieber Walter. Ich kenne es. Warm wie das Leben ist deine Liebe und ohne Schranken wie's Unermeßliche – Schenke sie einer Edeln und Würdigern – sie wird die Glücklichsten ihres Geschlechts nicht beneiden – – *Tränen unterdrückend.* mich sollst du nicht mehr sehn – Das eitle betrogene Mädchen verweine[561] seinen Gram in einsamen Mauren[562], um seine Tränen wird sich niemand bekümmern – Leer und erstorben ist meine Zukunft – Doch werd ich noch je und je[563] am verwelkten Strauß der Vergangenheit riechen. *Indem sie ihm mit abgewandtem Gesicht ihre zitternde Hand gibt.* Leben Sie wohl, Herr von Walter.

FERDINAND *springt aus seiner Betäubung auf.* Ich entfliehe, Luise. Wirst du mir wirklich nicht folgen?

LUISE *hat sich im Hintergrund des Zimmers niedergesetzt und hält das Gesicht mit beiden Händen bedeckt.* Meine Pflicht heißt mich [564]bleiben und dulden.

FERDINAND. Schlange, du lügst. Dich fesselt was anders hier.

---

557 Frevel: im Sinne von *Beleidigung Gottes*

558 deinem Stande: dem Adelsstand

559 Kirchenraub: war eine schwere Straftat

560 Ermanne dich: *Reiß' dich zusammen.*

561 verweine: *beweint*

562 einsamen Mauren: *Mauern, Klostermauern*

563 noch je und je: *immer wieder*

564 heißt mich: *sagt mir*

LUISE *im Ton des tiefsten inwendigen[565] Leidens.* Bleiben Sie bei dieser Vermutung – sie macht vielleicht weniger elend.

FERDINAND. Kalte Pflicht gegen feurige Liebe! – Und mich soll das Märchen blenden[566]? – Ein Liebhaber fesselt dich, und Weh über dich und ihn, wenn mein Verdacht sich bestätigt. *Geht schnell ab.*

Fünfte Szene

LUISE *allein. Sie bleibt noch eine Zeitlang ohne Bewegung und stumm in dem Sessel liegen, endlich steht sie auf, kommt vorwärts und sieht furchtsam herum.* Wo meine Eltern bleiben? – Mein Vater versprach, in wenigen Minuten zurück zu sein, und schon sind fünf volle fürchterliche Stunden vorüber – Wenn ihm ein Unfall – Wie wird mir? – Warum geht mein Odem[567] so ängstlich?

Jetzt tritt Wurm in das Zimmer und bleibt im Hintergrund stehen, ohne von ihr bemerkt zu werden.

Es ist nichts Wirkliches – Es ist nichts als das schaudernde Gaukelspiel des erhitzten Geblüts[568] – Hat unsre Seele nur einmal Entsetzen genug in sich getrunken, so wird das Aug in jedem Winkel Gespenster sehn.

Sechste Szene

Luise und Sekretär Wurm.

WURM *kommt näher.* Guten Abend, Jungfer[569].

LUISE. Gott! Wer spricht da? *Sie dreht sich um, wird den Sekretär gewahr und tritt erschrocken zurück.* Schrecklich! Schrecklich! Meiner ängstlichen Ahndung eilt schon die unglückseligste Erfüllung nach! *Zum Sekretär mit einem Blick voll Verachtung.* Suchen Sie etwa den Präsidenten? Er ist nicht mehr da.

WURM. Jungfer, ich suche Sie.

LUISE. So muß ich mich wundern, daß Sie nicht nach dem Marktplatz gingen.

WURM. Warum eben dahin?

---

565 inwendigen: *inneren*

566 blenden: im Schwäbischen für *blind machen*

567 Odem: *Atem*

568 Geblüts: *das ganze Blut im Körper*

569 Jungfer: bezeichnet ein unverheiratetes bürgerliches Mädchen

LUISE. Ihre Braut von der Schandbühne[570] abzuholen.
WURM. Mamsell Millerin, Sie haben einen falschen Verdacht –
LUISE *unterdrückt eine Antwort.* Was steht Ihnen zu Diensten[571]?
WURM. Ich komme? geschickt von Ihrem Vater.
LUISE *bestürzt.* Von meinem Vater? – Wo ist mein Vater?
WURM. Wo er nicht gern ist.
LUISE. Um Gottes willen! Geschwind! Mich befällt eine üble Ahndung – Wo ist mein Vater?
WURM. Im Turm, wenn Sie es ja wissen wollen.
LUISE *mit einem Blick zum Himmel.* Das noch! das auch noch! – – Im Turm? Und warum im Turm?
WURM. Auf Befehl des Herzogs.
LUISE. Des Herzogs?
WURM. Der die Verletzung der Majestät in der Person seines Stellvertreters
LUISE. Was? Was? O ewige Allmacht!
WURM. Auffallend zu ahnden[572] beschlossen hat.
LUISE. Das war noch übrig! Das! – freilich, freilich, mein Herz hatte noch außer dem Major etwas Teures – Das durfte nicht übergangen werden – Verletzung der Majestät – Himmlische Vorsicht[573]! Rette, o, rette meinen sinkenden Glauben! – Und Ferdinand?
WURM. Wählt Lady Milford oder Fluch und Enterbung.
LUISE. Entsetzliche Freiheit! – und doch – doch ist er glücklicher. Er hat keinen Vater zu verlieren. Zwar keinen haben ist Verdammnis genug! – Mein Vater auf Verletzung der Majestät – mein Geliebter die Lady oder Fluch und Enterbung – Wahrlich bewundernswert! Eine vollkommene Büberei[574] ist auch eine Vollkommenheit – Vollkommenheit? Nein! dazu fehlte noch etwas – – Wo ist meine Mutter?
WURM. Im Spinnhaus[575].
LUISE *mit schmerzvollem Lächeln.* Jetzt ist es völlig[576]! – völlig, und jetzt wär ich ja frei – Abgeschält von[577] allen Pflichten – und Tränen – und Freuden. Abgeschält von der Vorsicht[578]. Ich brauch sie ja nicht mehr – *Schreckliches Stillschweigen.* Haben Sie vielleicht noch eine Zeitung[579]? Reden Sie immerhin[580]. Jetzt kann ich alles hören.
WURM. Was geschehen ist, wissen Sie.
LUISE. Also nicht, was noch kommen wird? *Wiederum Pause, worin sie den Sekretär von oben bis unten ansieht.* Armer Mensch! Du treibst ein trauriges Handwerk, wobei du

570 Schandbühne: *Schandpfahl, Pranger*
571 Was steht Ihnen zu Diensten: *Wie kann ich Ihnen helfen*
572 Auffallend zu ahnden: *deutlich erkennbar zu bestrafen*
573 Vorsicht: *Vorsehung*
574 Büberei: *schändliche, boshafte Handlung*
575 Spinnhaus: *Zuchthaus für Frauen.* Sie mussten dort Spinnarbeiten verrichten.
576 Jetzt ist es völlig: *Jetzt ist es perfekt (vollkommen).*
577 Abgeschält von: im Schwäbischen für *verworfen, untauglich,* hier mehr im Sinne von *losgelöst von*
578 Vorsicht: *Vorsehung*
579 Zeitung: *Nachricht*
580 immerhin: *immerfort, weiter*

ohnmöglich selig werden kannst. Unglückliche machen ist schon schrecklich genug, aber gräßlich ists, es ihnen verkündigen – ihn vorzusingen, den Eulengesang[581], dabeizustehn, wenn das blutende Herz am eisernen Schaft[582] der Notwendigkeit zittert, und Christen an Gott zweifeln. – Der Himmel bewahre mich! und würde dir jeder Angsttropfe[583], den du fallen siehst, mit einer Tonne Golds aufgewogen – ich möchte nicht du sein – – Was kann noch geschehen?

WURM. Ich weiß nicht.

LUISE. Sie wollen nicht wissen? – Diese lichtscheue Botschaft fürchtet das Geräusch der Worte, aber in der Grabstille Ihres Gesichts zeigt sich mir das Gespenst – Was ist noch übrig – Sie sagten vorhin, der Herzog wolle es auffallend ahnden? Was nennen Sie auffallend?

WURM. Fragen Sie nichts mehr.

LUISE. Höre, Mensch! Du gingst beim Henker zur Schule. Wie verstündest du sonst, das Eisen[584] erst langsam-bedächtlich an den knirschenden Gelenken hinaufzuführen, und das zuckende Herz mit dem Streich der Erbarmung[585] zu necken? – Welches Schicksal wartet auf meinen Vater? – Es ist Tod in dem, was du lachend sagst, wie mag das aussehen, was du an dich hältst[586]? Sprich es aus. Laß mich sie auf einmal haben, die ganze zermalmende Ladung. Was wartet auf meinen Vater?

WURM. Ein Kriminalprozeß.

LUISE. Was ist aber das? – Ich bin ein unwissendes unschuldiges Ding, verstehe mich wenig auf[587] eure fürchterliche lateinische Wörter. Was heißt Kriminalprozeß?

WURM. Gericht um Leben und Tod.

LUISE *standhaft.* So dank ich Ihnen! *Sie eilt schnell in ein Seitenzimmer.*

WURM *steht betroffen da.* Wo will das hinaus?[588] Sollte die Närrin etwa? – Teufel! sie wird doch nicht – Ich eile nach – ich muß für ihr Leben bürgen. *Im Begriff, ihr zu folgen.*

LUISE *kommt zurück, einen Mantel umgeworfen.* Verzeihen Sie, Sekretär. Ich schließe das Zimmer.

WURM. Und wohin denn so eilig?

LUISE. Zum Herzog. *Will fort.*

WURM. Was? Wohin? *Er hält sie erschrocken zurück.*

LUISE. Zum Herzog. Hören Sie nicht? Zu eben dem Herzog, der meinen Vater auf Tod und Leben will richten lassen – Nein! Nicht will – muß richten lassen, weil einigeBöswichter wollen; der zu dem ganzen Prozeß der beleidigten Majestät nichts hergibt als eine Majestät und seine fürstliche Handschrift.

WURM *lacht überlaut.* Zum Herzog!

---

581 Eulengesang: Eulen waren Boten des Todes bzw. des Unheils

582 Schaft: *Griff*

583 Angsttropfe: *Tropfen Angstschweiß*

584 Eisen: *Messer*

585 Streich der Erbarmung: *Todesstoß*

586 was du an dich hältst: *was verschweigst du*

587 verstehe mich wenig auf: *versteht wenig von*

588 Wo will das hinaus: *Wo führt das hin*

LUISE. Ich weiß, worüber Sie lachen – aber ich will ja auch kein Erbarmen dort finden – Gott bewahre mich! nur Ekel – Ekel nur an meinem Geschrei. Man hat mir gesagt, daß die Großen der Welt noch nicht belehrt sind, was Elend ist – nicht wollen belehrt sein. Ich will ihm sagen, was Elend ist – will es ihm vormalen in allen Verzerrungen des Todes, was Elend ist – will es ihm vorheulen in Mark und Bein zermalmenden Tönen, was Elend ist – und wenn ihm jetzt über der Beschreibung die Haare zu Berge fliegen, will ich ihm noch zum Schluß in die Ohren schreien, daß in der Sterbestunde auch die Lungen der Erdengötter[589] zu röcheln anfangen, und das Jüngste Gericht Majestäten und Bettler in dem nämlichen Siebe[590] rüttle. *Sie will gehen.*

WURM *boshaft freundlich.* Gehen Sie, o gehen Sie ja. Sie können wahrlich nichts Klügeres tun. Ich rate es Ihnen, gehen Sie, und ich gebe Ihnen mein Wort, daß der Herzog willfahren[591] wird.

LUISE *steht plötzlich still.* Wie sagen Sie? – Sie raten mir selbst dazu? *Kommt schnell zurück.* Hm! Was will ich denn, etwas Abscheuliches muß es sein, weil dieser Mensch dazu ratet – Woher wissen Sie, daß der Fürst mir willfahren wird?

WURM. Weil er es nicht wird umsonst tun dürfen.

LUISE. Nicht umsonst? Welchen Preis kann er auf eine Menschlichkeit[592] setzen?

WURM. Die schöne Supplikantin[593] ist Preises genug.

LUISE *bleibt erstarrt stehn, dann mit brechendem Laut*[594]. Allgerechter!

WURM. Und einen Vater werden Sie doch, will ich hoffen, um diese gnädige Taxe[595] nicht überfodert finden?

LUISE *auf und ab, außer Fassung.* Ja! Ja! Es ist wahr. Sie sind verschanzt, eure Großen – verschanzt vor der Wahrheit hinter ihre eigene Laster, wie hinter Schwerter der Cherubim[596] – Helfe dir der Allmächtige, Vater. Deine Tochter kann für dich sterben, aber nicht sündigen.

WURM. Das mag ihm wohl eine Neuigkeit sein, dem armen verlassenen Mann – »Meine Luise«, sagte er mir, »hat mich zu Boden geworfen. Meine Luise wird mich auch aufrichten.« – Ich eile, Mamsell, ihm die Antwort zu bringen. *Stellt sich, als ob er ginge.*

LUISE *eilt ihm nach, hält ihn zurück.* Bleiben Sie! Bleiben Sie! Geduld! – Wie flink dieser Satan ist, wenn es gilt, Menschen rasend zu machen! – Ich hab ihn niedergeworfen. Ich muß ihn aufrichten. Reden Sie! Raten Sie! Was kann ich! Was muß ich tun?

WURM. Es ist nur ein Mittel.

LUISE. Dieses einzige Mittel?

WURM. Auch Ihr Vater wünscht –

LUISE. Auch mein Vater? – Was ist das für ein Mittel?

WURM. Es ist Ihnen leicht.

---

589 Erdengötter: die Großen der Welt (siehe weiter oben)

590 in dem nämlichen Siebe: *im gleichen Sieb*

591 willfahren: *einwilligen*

592 auf eine Menschlichkeit: *für eine menschliche Geste*

593 Supplikantin: *Bittstellerin*

594 mit brechendem Laut: *mit versagender Stimme*

595 Taxe: *Gebühr*

596 Cherubim: *Lichtengel*, die Wächter des Paradieses, Engel der ersten Ordnung

LUISE. Ich kenne nichts Schwerers als die Schande.

WURM. Wenn Sie den Major wieder frei machen wollen?

LUISE. Von seiner Liebe? Spotten Sie meiner? – Das meiner Willkür zu überlassen, wozu ich gezwungen ward?

WURM. So ist es nicht gemeint, liebe Jungfer. Der Major muß zuerst und freiwillig zurücktreten.

LUISE. Er wird nicht.

WURM. So scheint es. Würde man denn wohl seine Zuflucht zu Ihnen nehmen, wenn nicht Sie allein dazu helfen könnten?

LUISE. Kann ich ihn zwingen, daß er mich hassen muß?

WURM. Wir wollen versuchen. Setzen Sie sich.

LUISE *betreten.* Mensch! Was brütest du[597]?

WURM. Setzen Sie sich. Schreiben Sie! Hier ist Feder, Papier und Dinte[598].

LUISE *setzt sich in höchster Beunruhigung.* Was soll ich schreiben? An wen soll ich schreiben?

WURM. An den Henker Ihres Vaters.

LUISE. Ha! du verstehst dich darauf, Seelen auf die Folter zu schrauben. *Ergreift eine Feder.*

WURM *diktiert.* »Gnädiger Herr« –

Luise schreibt mit zitternder Hand.

WURM. »Schon drei unerträgliche Tage sind vorüber – – sind vorüber – und wir sahen uns nicht«

LUISE *stutzt, legt die Feder weg.* An wen ist der Brief?

WURM. An den Henker Ihres Vaters.

LUISE. O mein Gott!

WURM. »Halten Sie sich deswegen an den Major – an den Major – der mich den ganzen Tag wie ein Argus[599] hütet« –

LUISE *springt auf.* Büberei[600], wie noch keine erhört worden! An wen ist der Brief?

WURM. An den Henker Ihres Vaters.

LUISE *die Hände ringend auf und nieder.* Nein! Nein! Nein! Das ist tyrannisch, o Himmel! Strafe Menschen menschlich, wenn sie dich reizen, aber warum mich zwischen zwei Schröcknisse[601] pressen? Warum zwischen Tod und Schande mich hin und her wiegen? Warum diesen blutsaugenden Teufel mir auf den Nacken setzen? – Macht, was Ihr wollt! Ich schreibe das nimmermehr.

WURM *greift nach dem Hut.* Wie Sie wollen, Mademoiselle[602]. Das steht ganz in Ihrem Belieben[603].

597 Was brütest du: *Was brütest du aus.*

598 Dinte: *Tinte*

599 Argus: in der griechischen Mythologie ein alles sehender Riese mit hundert Augen

600 Büberei: wie oben eine *schändliche, boshafte Tat*

601 Schröcknisse: *Schrecken*

602 Mademoiselle: französ. für *Fräulein*, eine unverheiratete Frau

603 in Ihrem Belieben: *in ihrer freien Entscheidung*

LUISE. Belieben, sagen Sie? In meinem Belieben? – Geh, Barbar[604]! hänge einen Unglücklichen über dem Abgrund der Hölle aus, bitt ihn um etwas, und lästre Gott und frag ihn, obs ihm beliebe[605]? – O du weißt allzu gut, daß unser Herz an natürlichen Trieben so fest als[606] an Ketten liegt – Nunmehr ist alles gleich. Diktieren Sie weiter. Ich denke nichts mehr. Ich weiche der überlistenden Hölle. *Sie setzt sich zum zweitenmal.*

WURM. »Den ganzen Tag wie ein Argus hütet« – Haben Sie das?

LUISE. Weiter! Weiter!

WURM. »Wir haben gestern den Präsidenten im Haus gehabt. Es war possierlich[607] zu sehen, wie der gute Major um meine Ehre sich wehrte«

LUISE. O schön, schön! o herrlich! – Nur immer fort.

WURM. »Ich nahm meine Zuflucht zu einer Ohnmacht – zu einer Ohnmacht – daß ich nicht laut lachte.«

LUISE. O Himmel!

WURM. »Aber bald wird mir meine Maske unerträglich – unerträglich – Wenn ich nur loskommen könnte« –

LUISE *hält inne, steht auf, geht auf und nieder, den Kopf gesenkt, als suchte sie was auf dem Boden; dann setzt sie sich wiederum, schreibt weiter.* »Loskommen könnte« –

WURM. »Morgen hat er den Dienst – Passen Sie ab[608], wenn er von mir geht, und kommen an den bewußten Ort« – Haben Sie »bewußten«?

LUISE. Ich habe alles.

WURM. »An den bewußten Ort zu Ihrer zärtlichen Luise.«

LUISE. Nun fehlt die Adresse noch.

WURM. »An Herrn Hofmarschall von Kalb.«

LUISE. Ewige Vorsicht! ein Name, so fremd meinen Ohren, als[609] meinem Herzen diese schändlichen Zeilen. *Sie steht auf und betrachtet eine große Pause lang mit starrem Blick das Geschriebene, endlich reicht sie es dem Sekretär, mit erschöpfter, hinsterbender Stimme.* Nehmen Sie, mein Herr. Es ist mein ehrlicher Name – es ist Ferdinand – ist die ganze Wonne meines Lebens, was ich jetzt in Ihre Hände gebe – Ich bin eine Bettlerin!

WURM. O nein doch! Verzagen Sie nicht, liebe Mademoiselle. Ich habe herzliches Mitleid mit Ihnen. Vielleicht – wer weiß? – Ich könnte mich noch wohl über gewisse Dinge hinwegsetzen – Wahrlich! Bei Gott! Ich habe Mitleid mit Ihnen.

LUISE *blickt ihn starr und durchdringend an.* Reden Sie nicht aus, mein Herr. Sie sind auf dem Wege, sich etwas Entsetzliches zu wünschen.

WURM *im Begriff, ihre Hand zu küssen.* Gesetzt, es wäre diese niedliche Hand – Wieso, liebe Jungfer?

604 Barbar: *roher, sittenloser Mensch*

605 beliebe: *gefällt*

606 als: *wie*

607 possierlich: *belustigend*

608 Passen Sie ab: im Schwäbischen für *auflauern, abwarten* und hier im Sinn von *lauernd abwarten*

609 als: *wie*

LUISE *groß und schrecklich.* Weil ich dich in der Brautnacht erdrosselte[610], und mich dann mit Wollust aufs Rad flechten ließe. *Sie will gehen, kommt aber schnell zurück.* Sind wir jetzt fertig, mein Herr? Darf die Taube nun fliegen?

WURM. Nur noch die Kleinigkeit, Jungfer. Sie müssen mit mir, und das Sakrament darauf nehmen[611], diesen Brief für einen freiwilligen zu erkennen.

LUISE. Gott! Gott! und du selbst mußt das Siegel geben, die Werke der Hölle zu verwahren? *Wurm zieht sie fort.*

Szenenname: Briefdiktat

610 erdrosselte: *erdrosseln würde*

611 das Sakrament darauf nehmen: *schwören*, das Abendmahl (als eines der heiligen Sakramente) darauf nehmen

Vierter Akt

Saal beim Präsidenten.

Erste Szene

Ferdinand von Walter, einen offenen Brief in der Hand, kommt stürmisch durch eine Türe, durch eine andre ein Kammerdiener.

FERDINAND. War kein Marschall da?
KAMMERDIENER. Herr Major, der Herr Präsident fragen nach Ihnen.
FERDINAND. Alle Donner! Ich frag, war kein Marschall da?
KAMMERDIENER. Der gnädige Herr sitzen oben am Pharotisch[612].
FERDINAND. Der gnädige Herr soll im Namen der ganzen Hölle daher kommen. *Kammerdiener geht.*

Zweite Szene

FERDINAND *allein, den Brief durchfliegend, bald erstarrend, bald wütend herumstürzend.* Es ist nicht möglich. Nicht möglich. Diese himmlische Hülle versteckt kein so teuflisches Herz — — Und doch! doch! Wenn alle Engel herunterstiegen, für ihre Unschuld bürgten — wenn Himmel und Erde, wenn Schöpfung und Schöpfer zusammenträten, für ihre Unschuld bürgten — es ist ihre Hand — ein unerhörter, ungeheurer Betrug, wie die Menschheit noch keinen erlebte! — Das also wars, warum man sich so beharrlich der Flucht widersetzte! — Darum — o Gott! jetzt erwach ich, jetzt enthüllt sich mir alles! — Darum gab man seinen Anspruch auf meine Liebe mit soviel Heldenmut auf, und bald, bald hätte selbst mich die himmlische Schminke[613] betrogen! *Er stürzt rascher durchs Zimmer, dann steht er wieder nachdenkend still.* Mich so ganz zu ergründen! — Jedes kühne Gefühl, jede leise, schüchterne Bebung zu erwidern, jede feurige Wallung — An der feinsten Unbeschreiblichkeit eines schwebenden[614] Lauts meine

612 Pharotisch: *Spieltisch*, an dem das Kartenspiel *Pharo* gespielt wird, ein Glücksspiel mit 104 Spielkarten. Auf der Trumpfkarte des Spiels ist ein Pharao abgebildet.

613 himmlische Schminke: *Schminke der Unschuld*, die sie sich auf Gesicht „gemalt" hat

614 schwebenden: *kaum hörbaren, sanften*

Seele zu fassen — Mich zu berechnen in einer Träne[615] — Auf jeden gähen[616] Gipfel der Leidenschaft mich zu begleiten, mir zu begegnen vor jedem schwindelnden Absturz — Gott! Gott! und alles das nichts als Grimasse[617]? — Grimasse? — O wenn die Lüge eine so haltbare Farbe hat, wie ging es zu, daß sich kein Teufel noch in das Himmelreich hineinlog?

Da ich ihr die Gefahr unsrer Liebe entdeckte[618], mit welch überzeugender Täuschung erblaßte die Falsche da! Mit welch siegender Würde schlug sie den frechen Hohn meines Vaters zu Boden, und in eben dem Augenblick fühlte das Weib sich doch schuldig — Was? hielt sie nicht selbst die Feuerprobe der Wahrheit aus — die Heuchlerin sinkt in Ohnmacht. Welche Sprache wirst du jetzt führen, Empfindung? Auch Koketten sinken in Ohnmacht. Womit wirst du dich rechtfertigen, Unschuld — Auch Metzen sinken in Ohnmacht.

Sie weiß, was sie aus mir gemacht hat. Sie hat meine ganze Seele gesehn. Mein Herz trat beim Erröten des ersten Kusses sichtbar in meine Augen — und sie empfand nichts? Empfand vielleicht nur den Triumph ihrer Kunst[619]? — Da mein glücklicher Wahnsinn den ganzen Himmel in ihr zu umspannen wähnte? Meine wildesten Wünsche schwiegen? Vor meinem Gemüt stand kein Gedanke als die Ewigkeit und das Mädchen — Gott! da empfand sie nichts? Fühlte nichts, als ihren Anschlag gelungen? Nichts, als ihre Reize geschmeichelt? Tod und Rache! Nichts, als daß ich betrogen sei?

Fühlt sich betrogen

Dritte Szene

Der Hofmarschall und Ferdinand.

HOFMARSCHALL *ins Zimmer trippelnd.* Sie haben den Wunsch blicken lassen[620], mein Bester —

FERDINAND *vor sich hin murmelnd.* Einem Schurken den Hals zu brechen. *Laut.* Marschall, dieser Brief muß Ihnen bei der Parade aus der Tasche gefallen sein — und ich *mit boshaftem Lachen* war zum Glück noch der Finder.

HOFMARSCHALL. Sie?

FERDINAND. Durch den lustigsten Zufall. Machen Sies mit der Allmacht aus.

HOFMARSCHALL. Sie sehen, wie ich erschrecke, Baron.

---

615 Mich zu berechnen in einer Träne: *Mich zu Tränen zu bringen*

616 gähen: *steilen*

617 Grimasse: *Maske* im Sinne eines Trugbildes, einer Lüge

618 entdeckte: *zeigte, aufzeigte*

619 Kunst: *Kunst zur Verstellung*

620 Wunsch blicken lassen: *Wunsch geäußert,* mich sehen zu wollen

FERDINAND. Lesen Sie! Lesen Sie! *Von ihm weggehend.* Bin ich auch schon zum Liebhaber zu schlecht, vielleicht laß ich mich desto besser als Kuppler an. *Während daß jener liest, tritt er zur Wand und nimmt zwei Pistolen herunter.*

HOFMARSCHALL *wirft den Brief auf den Tisch und will sich davonmachen.* Verflucht!

FERDINAND *fuhrt ihn am Arm zurück.* Geduld, lieber Marschall. Die Zeitungen[621] dünken[622] mich angenehm. Ich will meinen Finderlohn haben. *Hier zeigt er ihm die Pistolen.*

HOFMARSCHALL *tritt bestürzt zurück.* Sie werden vernünftig sein, Bester.

FERDINAND *mit starker, schrecklicher Stimme.* Mehr als zuviel, um einen Schelmen, wie du bist, in jene Welt[623] zu schicken! *Er dringt ihm die eine Pistole auf, zugleich zieht er sein Schnupftuch[624].* Nehmen Sie! dieses Schnupftuch da fassen Sie! — Ich habs von der Buhlerin.

HOFMARSCHALL. Über dem Schnupftuch? Rasen Sie? Wohin denken Sie?

FERDINAND. Faß dieses End an, sag ich. Sonst wirst du ja fehlschießen, Memme! — Wie sie zittert, die Memme! Du solltest Gott danken, Memme, daß du zum erstenmal etwas in deinen Hirnkasten kriegst. *Hofmarschall macht sich auf die Beine.* Sachte[625]! Dafür wird gebeten sein[626]. *Er überholt ihn und riegelt die Türe.*

HOFMARSCHALL. Auf dem Zimmer, Baron?

FERDINAND. Als ob sich mit dir ein Gang vor den Wall[627] verlohnte[628]? — Schatz, so knallts desto lauter, und das ist ja doch wohl das erste Geräusch, das du in der Welt machst — Schlag an[629]!

HOFMARSCHALL *wischt sich die Stirn.* Und Sie wollen Ihr kostbares Leben so aussetzen, junger hoffnungsvoller Mann?

FERDINAND. Schlag an, sag ich. Ich habe nichts mehr in dieser Welt zu tun.

HOFMARSCHALL. Aber ich desto mehr, mein Allervortrefflichster.

FERDINAND. Du, Bursche? Was du? — Der Notnagel zu sein[630], wo die Menschen sich rar machen? In einem Augenblick siebenmal kurz und siebenmal lang zu werden[631], wie der Schmetterling an der Nadel[632]? Ein Register zu führen über die Stuhlgänge[633]

---

621 Zeitungen: *Nachrichten*

622 dünken: *scheinen*

623 in jene Welt: *ins Jenseits*

624 Schnupftuch: In einer verschärften Form des Pistolenduelles wurde auf die kurze Entfernung geschossen, die zwischen den Duellanten entstand, wenn sie ein Taschentuch zu beiden seiten festhielten.

625 Sachte: *langsam, warte ab*

626 Dafür wird gebeten sein: *Ich möchte darum bitten.*

627 Gang vor den Wall: *Gang vor die Stadtmauern* (wo gewöhnlich Duelle ausgetragen wurden)

628 verlohnte: *lohnen würde*

629 Schlag an: *Bringe die Pistole in Anschlag*

630 Der Notnagel zu sein: im Sinne von *zur Stelle sein für Dinge, für die sich kein anderer Mensch hergeben würde*

631 siebenmal kurz und siebenmal lang zu werden: Anspielung auf das Verhalten von Höflingen vor dem Fürsten, vor diesem permanent durch Verbeugungen ihre Referenz zu erweisen

632 Schmetterling an der Nadel: der sich windende, aufgespießte Schetterling auf der Nadel des Sammlers (ein Lepidopterologe)

633 Stuhlgänge: *Toilettengänge*

deines Herrn, und der Mietgaul seines Witzes[634] zu sein? Ebenso gut. Ich führe dich wie irgendein seltenes Murmeltier[635] mit mir. Wie ein zahmer Affe sollst du zum Geheul der Verdammten[636] tanzen, apportieren[637] und aufwarten, und mit deinen höfischen Künsten die ewige Verzweiflung belustigen.

HOFMARSCHALL. Was Sie befehlen, Herr, wie Sie belieben – Nur die Pistolen weg!

FERDINAND. Wie er dasteht, der Schmerzenssohn[638]! – Dasteht, dem sechsten Schöpfungstag[639] zum Schimpfe[640]! Als wenn ihn ein Tübinger Buchhändler dem Allmächtigen nachgedruckt hätte[641]! – Schande nur, ewig Schande für die Unze[642] Gehirn, die so schlecht in diesem undankbaren Schädel wuchert. Diese einzige Unze hätte dem Pavian[643] noch vollends zum Menschen geholfen[644], da sie jetzt nur einen Bruch[645] von Vernunft macht – Und mit diesem ihr Herz zu teilen? – Ungeheuer! Unverantwortlich! – Einem Kerl, mehr gemacht, von Sünden zu entwöhnen als dazu anzureizen.

HOFMARSCHALL. O! Gott sei ewig Dank! Er wird witzig[646].

FERDINAND. Ich will ihn gelten lassen[647]. Die Toleranz[648], die der Raupe schont[649], soll auch diesem zugute kommen. Man begegnet ihm, zuckt etwa die Achsel, bewundert vielleicht noch die kluge Wirtschaft des Himmels, der auch mit Trebern[650] und Bodensatz noch Kreaturen speist; der dem Raben am Hochgericht[651] und einem Höfling im Schlamme der Majestäten[652] den Tisch deckt – Zuletzt erstaunt man noch über die große Polizei der Vorsicht[653], die auch in der Geisterwelt ihre Blindschleichen[654] und Taranteln[655] zur Ausfuhr des Gifts besoldet. – Aber *Indem seine Wut sich erneuert.* an meine

---

634 Mietgaul seines Witzes: jemand, der die Äußerungen und Launen des Fürsten an die Öffentlichkeit trägt

635 Murmeltier: das Murmeltier bildhaft für ein seltenes Haustier

636 Geheul der Verdammten: in der Hölle

637 apportieren: aus dem Französ. für *herbeibringen, zurückbringen* weggeworfener Gegenstände

638 Schmerzenssohn: ironische Anspielung auf *Jesus am Kreuz*

639 sechsten Schöpfungstag: an dem Gott den Menschen schuf

640 zum Schimpfe: *als Beleidigung Gottes*

641 Tübinger Buchhändler dem Allmächtigen nachgedruckt hätte: Die Buchhändler Schramm und Frank aus Tübingen galten als berüchtigte Nachdrucker, die die Werke von Schriftstellern (oft sehr fehlerhaft) ohne deren Einwilligung vervielfältigten. Zu Schillers Zeiten gab es noch kein Urheberrecht.

642 Unze: ein *Gewichtsmaß*, entspricht etwa 27,2 Gramm, der zwölfte Teil des Ganzen

643 Pavian: eine Affenart

644 geholfen: *verholfen*

645 Bruch: *Bruchteil*

646 wird witzig: *wird geistreich*

647 ihn gelten lassen: im Schwäbischen *ihn sprechen lassen, ihm (etwas) Aufmerksamkeit schenken*

648 Toleranz: *Duldsamkeit*

649 der Raupe schont: *die Raupe verschont*

650 Trebern: *Rückstände bei der Bier- und Weinherstellung*

651 Raben am Hochgericht: *der Rabe, der um die Hinrichtungsstätte kreist*

652 im Schlamme der Majestäten: im Schwäbischen steht *Schlammen* für *Schlemmen*, hier wohl im Sinne von *Lasterleben am Hofe*

653 Polizei der Vorsicht: Im 18. Jh. bezeichnet der Begriff *Polizei* noch die *Staatsverwaltung* (von *politeia*). Hier also bedeutet dies: *Staatsverwaltung der Vorsehung*

654 Blindschleichen: Im 18. Jh. wurde die Blindschleiche noch für eine Giftschlange gehalten.

655 Taranteln: eine giftige Wolfsspinne als Metapher verwendet (wie auch Blindschleiche, siehe *Anm. 654*)

Blume[656] soll mir das Ungeziefer nicht kriechen, oder ich will es *Den Marschall fassend und unsanft herumschüttelnd.* so und so und wieder so durcheinanderquetschen.

HOFMARSCHALL *für sich hin seufzend.* O mein Gott! Wer hier weg wäre! Hundert Meilen von hier im Bicêtre zu Paris[657]! nur bei diesem nicht!

FERDINAND. Bube! Wenn sie nicht rein mehr ist? Bube! Wenn du genossest, wo ich anbetete? *Wütender.* Schwelgtest, wo ich einen Gott mich fühlte? *Plötzlich schweigt er, darauf fürchterlich.* Dir wäre besser, Bube, du flöhest der Hölle zu, als daß dir mein Zorn im Himmel begegnete! – Wie weit kamst du mit dem Mädchen? Bekenne!

HOFMARSCHALL. Lassen Sie mich los. Ich will alles verraten.

FERDINAND. O! es muß reizender sein, mit diesem Mädchen zu buhlen[658], als mit andern noch so himmlisch zu schwärmen – Wollte sie ausschweifen, wollte sie, sie könnte den Wert der Seele herunterbringen, und die Tugend mit der Wollust verfälschen[659]. *Dem Marschall die Pistole aufs Herz druckend*[660]. Wie weit kamst du mit ihr? Ich drücke ab, oder bekenne!

HOFMARSCHALL. Es ist nichts – ist ja alles nichts. Haben Sie nur eine Minute Geduld. Sie sind ja betrogen.

FERDINAND. Und daran mahnst du mich, Bösewicht? – Wie weit kamst du mit ihr? Du bist des Todes, oder bekenne!

HOFMARSCHALL. Mon Dieu! Mein Gott! Ich spreche ja – So hören Sie doch nur – Ihr Vater – Ihr eigener, leiblicher Vater –

FERDINAND *grimmiger.* Hat seine Tochter an dich verkuppelt? Und wie weit kamst du mit ihr? Ich ermorde dich, oder bekenne!

HOFMARSCHALL. Sie rasen. Sie hören nicht. Ich sah sie nie. Ich kenne sie nicht. Ich weiß gar nichts von ihr.

FERDINAND *zurücktretend.* Du sahst sie nie? Kennst sie nicht? Weißt gar nichts von ihr? – Die Millerin ist verloren um deinetwillen, du leugnest sie dreimal[661] in einem Atem hinweg? – Fort, schlechter Kerl. *Er gibt ihm mit der Pistole einen Streich und stößt ihn aus dem Zimmer.* Für deinesgleichen ist kein Pulver erfunden!

---

656 Taranteln: gemeint ist *Luise*

657 Bicêtre zu Paris: ein Kloster in Paris, das als Armen- und Krankenhaus diente

658 zu buhlen: ein Verhältnis zu haben

659 Tugend mit der Wollust verfälschen: *Wollust und Tugend zu vertauschen*

660 druckend: *drückend*

661 leugnest sie dreimal: eine Anspielung auf die dreimalige Verleugnung von Jesus durch Petrus (vgl. Matth. 26, 69–75)

Vierte Szene

FERDINAND *nach einem langen Stillschweigen, worin seine Zuge einen schrecklichen Gedanken entwickeln.* Verloren! Ja, Unglückselige! – Ich bin es. Du bist es auch. Ja, bei dem großen Gott! Wenn ich verloren bin, bist du es auch! – Richter der Welt! Fodre sie mir nicht ab. Das Mädchen ist mein. Ich trat dir deine ganze Welt für das Mädchen ab, habe Verzicht getan auf deine ganze herrliche Schöpfung. Laß mir das Mädchen. – Richter der Welt! Dort winseln Millionen Seelen nach dir – Dorthin kehre das Aug deines Erbarmens – Mich laß allein machen, Richter der Welt! *Indem er schrecklich die Hände faltet.* Sollte der reiche, vermögende[662] Schöpfer mit[663] einer Seele geizen, die noch dazu die schlechteste seiner Schöpfung ist? – Das Mädchen ist mein! Ich einst ihr Gott, jetzt ihr Teufel![664] *Die Augen graß[665] in einen Winkel geworfen.*

Eine Ewigkeit mit ihr auf ein Rad der Verdammnis geflochten[666] – Augen in Augen wurzelnd – Haare zu Berge stehend gegen Haare – Auch unser hohles[667] Wimmern in eins geschmolzen – Und jetzt zu wiederholen meine Zärtlichkeiten, und jetzt ihr vorzusingen ihre Schwüre – Gott! Gott! Die Vermählung ist fürchterlich – aber ewig! *Er will schnell hinaus. Der Präsident tritt herein.*

Fünfte Szene

Der Präsident und Ferdinand.

FERDINAND *zurücktretend.* O! – Mein Vater!

PRÄSIDENT. Sehr gut, daß wir uns finden, mein Sohn. Ich komme, dir etwas Angenehmes zu verkündigen, und etwas, lieber Sohn, das dich ganz gewiß überraschen wird. Wollen wir uns setzen?

---

662 vermögende Schöpfer: *Schöpfer, der vieles vermag*

663 mit einer: *um eine*

664 Ich einst ihr Gott, jetzt ihr Teufel!: Ferdinands Gefühle steigern sich zu anmaßender Hybris. Er stellt sich als Richter der Welt über den Menschen und über die Schöpfung Gottes.

665 graß: im Schwäbischen für *wild, zornig, fürchterlich*

666 Eine Ewigkeit mit ihr ... geflochten ...ff.: In Dantes *Göttlicher Komödie* findet sich ein ähnliches Bild bei dem ehebrecherischen Liebespaar Paolo und Francesca da Rimini. Unbefriedigt von ihrem Gatten und ihrer Ehe hatte sich Francesca dessen jüngerem Bruder Paolo hingegeben, war mit ihrem Geliebten vom Gatten ertappt und getötet worden. Paolo und Francesca wurden zusammen durch ein Schwert durchbohrt und damit ewig miteinander verbunden.

667 hohles: *dumpfes*

FERDINAND *sieht ihn lange Zeit starr an.* Mein Vater! *Mit stärkerer Bewegung zu ihm gehend und seine Hand fassend.* Mein Vater! *Seine Hand küssend, vor ihm niederfallend.* O mein Vater!

PRÄSIDENT. Was ist dir, mein Sohn? Steh auf. Deine Hand brennt und zittert.

FERDINAND *mit wilder, feuriger Empfindung.* Verzeihung für meinen Undank, mein Vater! Ich bin ein verworfener Mensch. Ich habe Ihre Güte mißkannt[668]. Sie meinten es mit mir so väterlich – O! Sie hatten eine weissagende Seele – Jetzt ists zu spät – Verzeihung! Verzeihung! Ihren Segen, mein Vater!

PRÄSIDENT *heuchelt eine schuldlose Miene.* Steh auf, mein Sohn! Besinne dich, daß du mir Rätsel sprichst.

FERDINAND. Diese Millerin, mein Vater – O Sie kennen den Menschen – Ihre Wut war damals so gerecht, so edel, so väterlich warm – Nur verfehlte der warme Vatereifer des Weges – Diese Millerin!

PRÄSIDENT. Martre mich nicht, mein Sohn. Ich verfluche meine Härte! Ich bin gekommen, dir abzubitten.

FERDINAND. Abbitten an mir? – Verfluchen an mir! – Ihre Mißbilligung war Weisheit. Ihre Härte war himmlisches Mitleid – – Diese Millerin, Vater –

PRÄSIDENT. Ist ein edles, ein liebes Mädchen. – Ich widerrufe meinen übereilten Verdacht. Sie hat meine Achtung erworben.

FERDINAND *springt erschüttert auf.* Was? auch Sie? – Vater! auch Sie? – Und nicht wahr, mein Vater, ein Geschöpf wie die Unschuld? – und es ist so menschlich, dieses Mädchen zu lieben?

PRÄSIDENT. Sage so: Es ist Verbrechen, es nicht zu lieben.

FERDINAND. Unerhört! Ungeheuer! – Und Sie schauen ja doch sonst die Herzen so durch! Sahen sie noch dazu mit Augen des Hasses! – Heuchelei ohne Beispiel – Diese Millerin, Vater –

PRÄSIDENT. Ist es wert, meine Tochter zu sein. Ich rechne ihre Tugend für Ahnen und ihre Schönheit für Gold. Meine Grundsätze weichen deiner Liebe – Sie sei dein!

FERDINAND *stürzt fürchterlich aus dem Zimmer.* Das fehlte noch! – Leben Sie wohl, mein Vater! *Ab.*

PRÄSIDENT *ihm nachgehend.* Bleib! Bleib! Wohin stürmst du? *Ab.*

---

668 mißkannt: *verkannt*

Sechste Szene

Ein sehr prächtiger Saal bei der Lady. Lady und Sophie treten herein.

LADY. Also sahst du sie? Wird sie kommen?

SOPHIE. Diesen Augenblick. Sie war noch im Hausgewand, und wollte sich nur in der[669] Geschwindigkeit umkleiden.

LADY. Sage mir nichts von ihr – Stille – wie eine Verbrecherin zittre ich, die Glückliche zu sehen, die mit meinem Herzen so schrecklich harmonisch[670] fühlt – Und wie nahm[671] sie sich bei der Einladung?

SOPHIE. Sie schien bestürzt, wurde nachdenkend, sah mich mit großen Augen an und schwieg. Ich hatte mich schon auf ihre Ausflüchte vorbereitet, als sie mit einem Blick, der mich ganz überraschte, zur Antwort gab: Ihre Dame befiehlt, was ich mir morgen erbitten wollte.

LADY *sehr unruhig.* Laß mich, Sophie. Beklage mich. Ich muß erröten, wenn sie nur das gewöhnliche Weib ist, und wenn sie mehr ist, verzagen.

SOPHIE. Aber, Mylady – Das ist die Laune[672] nicht, eine Nebenbuhlerin[673] zu empfangen. Erinnern Sie sich, wer Sie sind. Rufen Sie Ihre Geburt, Ihren Rang, Ihre Macht zu Hilfe. Ein stolzeres Herz muß die stolze Pracht Ihres Anblicks erheben.

LADY *zerstreut.* Was schwatzt die Närrin da?

SOPHIE *boshaft.* Oder es ist vielleicht Zufall, daß eben heute die kostbarsten Brillanten[674] an Ihnen blitzen? Zufall, daß eben heute der reichste Stoff Sie bekleiden muß – daß Ihre Antischamber[675] von Heiducken[676] und Pagen wimmelt, und das Bürgermädchen im fürstlichsten Saal Ihres Palastes erwartet wird?

LADY *auf und ab voll Erbitterung.* Verwünscht! Unerträglich! Daß Weiber für Weiberschwächen solche Luchsaugen haben! – – Aber wie tief, wie tief muß ich schon gesunken sein, daß eine solche Kreatur[677] mich ergründet!

EIN KAMMERDIENER *tritt auf.* Mamsell Millerin –

LADY *zu Sophien.* Hinweg du! Entferne dich! *Drohend, da diese noch zaudert.* Hinweg! Ich befehl es. *Sophie geht ab, Lady macht einen Gang durch den Saal.* Gut! Recht gut, daß ich in Wallung kam. Ich bin, wie ich wünschte. *Zum Kammerdiener.* Die Mamsell mag hereintreten. *Kammerdiener geht. Sie wirst sich in den Sofa und nimmt eine vornehm-nachlässige Lage an.*

---

669 in der: *in aller*

670 schrecklich harmonisch: eine Anspielung auf das Verhältnis von Lady, Luise und Ferdinand. Die beiden Frauen, die sich sogleich treffen, lieben beide Ferdinand.

671 nahm: *benahm*

672 Laune: *Stimmung*

673 Nebenbuhlerin: *Konkurrentin*

674 Brillanten: *Brillianten*

675 Antischamber: *Vorzimmer zum Schlafgemach*

676 Heiducken: *Diener von Adeligen hohen Standes in Ungarn und Deutschland*

677 Kreatur: *Geschöpf*, hier eher abwertend für *ein solcher Mensch*

Siebente Szene

Luise Millerin tritt schüchtern herein und bleibt in einer großen Entfernung von der Lady stehen; Lady hat ihr den Rücken zugewandt und betrachtet sie eine Zeitlang aufmerksam in dem gegenüberstehenden Spiegel. Nach einer Pause.

LUISE. Gnädige Frau, ich erwarte Ihre Befehle.

LADY *dreht sich nach Luisen um und nickt nur eben mit dem Kopf, fremd und zurückgezogen.* Aha! Ist Sie hier? – Ohne Zweifel die Mamsell – eine gewisse – Wie nennt man Sie doch?

LUISE *etwas empfindlich.* Miller nennt sich mein Vater, und Ihro Gnaden schickten nach seiner Tochter.

LADY. Recht! Recht! Ich entsinne mich – die arme Geigerstochter, wovon neulich die Rede war. *Nach einer Pause, vor sich.* Sehr interessant, und doch keine Schönheit – *Laut zu Luisen.* Trete Sie näher, mein Kind. *Wieder vor sich.* Augen, die sich im Weinen übten – Wie lieb ich sie, diese Augen! *Wiederum laut.* Nur näher – Nur ganz nah – Gutes Kind, ich glaube, du fürchtest mich?

LUISE *groß, mit entschiednem Ton.* Nein, Mylady. Ich verachte das Urteil der Menge.

LADY *vor sich.* Sieh doch! – und diesen Trotzkopf hat sie von ihm. *Laut.* Man hat Sie mir empfohlen, Mamsell. Sie soll was gelernt haben, und sonst auch zu leben wissen[678] – Nun ja. Ich wills glauben – auch nähm ich die ganze Welt nicht, einen so warmen Fürsprecher Lügen zu strafen.

LUISE. Doch kenn ich niemand, Mylady, der sich Mühe gäbe, mir eine Patronin[679] zu suchen.

LADY *geschraubt.* Mühe um die Klientin[680] oder Patronin?

LUISE. Das ist mir zu hoch, gnädige Frau.

LADY. Mehr Schelmerei, als diese offene Bildung[681] vermuten läßt! Luise nennt Sie sich? Und wie jung, wenn man fragen darf?

LUISE. Sechszehn gewesen.

LADY *steht rasch auf.* Nun ists heraus! Sechszehen Jahre! Der erste Puls[682] dieser Leidenschaft! – Auf dem unberührten Klavier der erste einweihende Silberton! – Nichts ist verführender – Setz dich, ich bin dir gut, liebes Mädchen – Und auch er liebt zum erstenmal – Was Wunder, wenn sich die Strahlen eines Morgenrots finden? *Sehr freundlich und ihre Hand ergreifend.* Es bleibt dabei, ich will dein Glück machen, Liebe – Nichts, nichts als die süße, früheverfliegende Träumerei. *Luisen auf die Wange klopfend.* Meine Sophie heiratet. Du sollst ihre Stelle haben – Sechszehen Jahr! Es kann nicht von Dauer sein.

---

678 zu leben wissen: *sich zu benehmen wissen*

679 Partonin: *Beschützerin, Gönnerin*

680 Klientin: französ. für *Kunde*, gemeint ist die Klientin einer Schutzpatronin

681 offene Bildung: ein *offener, unverstellter Gesichtsausdruck*

682 Puls: *Pulsschlag*

LUISE *küßt ihr ehrerbietig die Hand.* Ich danke für diese Gnade, Mylady, als wenn ich sie annehmen dürfte.

LADY *in Entrüstung zurückfallend.* Man sehe die große Dame! – Sonst wissen sich Jungfern[683] Ihrer Herkunft[684] noch glücklich, wenn sie Herrschaften finden[685] – wo will denn Sie hinaus, meine Kostbare[686]? Sind diese Finger zur Arbeit zu niedlich? Ist es Ihr bißchen Gesicht[687], worauf Sie trotzig tut[688]?

LUISE. Mein Gesicht, gnädige Frau, gehört mir so wenig als meine Herkunft.

LADY. Oder glaubt Sie vielleicht, das werde nimmer ein Ende nehmen? – Armes Geschöpf, wer dir das in den Kopf setzte – mag er sein, wer er will – er hat euch beide zum besten gehabt. Diese Wangen sind nicht im Feuer vergoldet[689]. Was dir dein Spiegel für massiv und ewig verkauft, ist nur ein dünner, angeflogener Goldschaum, der deinem Anbeter über kurz oder lang in der Hand bleiben muß – Was werden wir dann machen?

LUISE. Den Anbeter bedauern, Mylady, der einen Demant[690] kaufte, weil er in Gold schien gefaßt zu sein.

LADY *ohne darauf achten zu wollen.* Ein Mädchen von Ihren Jahren hat immer zween[691] Spiegel zugleich, den wahren und ihren Bewunderer – Die gefällige Geschmeidigkeit des letztern macht die rauhe Offenherzigkeit des erstern wieder gut. Der eine rügt eine häßliche Blatternarbe[692]. Weit gefehlt, sagt der andere, es ist ein Grübchen der Grazien[693]. Ihr guten Kinder glaubt jenem nur, was euch dieser gesagt hat, hüpft von einem zum andern, bis ihr zuletzt die Aussagen beider verwechselt – Warum begafft Sie mich so?

LUISE. Verzeihen Sie, gnädige Frau – Ich war soeben im Begriff, diesen prächtig blitzenden Rubin[694] zu beweinen, der es nicht wissen muß, daß seine Besitzerin so scharf wider[695] Eitelkeit eifert.

LADY *errötend.* Keinen Seitensprung, Lose[696]! – Wenn es nicht die Promessen[697] Ihrer Gestalt sind, was in der Welt könnte Sie abhalten, einen Stand zu erwählen, der der einzige ist, wo Sie Manieren und Welt[698] lernen kann, der einzige ist, wo Sie sich Ihrer bürgerlichen Vorurteile entledigen kann?

LUISE. Auch meiner bürgerlichen Unschuld, Mylady?

---

683 Jungfer: unverheiratetes bürgerliches Mädchen

684 Ihrer Herkunft: ihrer bürgerlichen Herkunft

685 Herrschaften finden: *eine Anstellung bei Adeligen erhalten*

686 Kostbare: Die Milford gebraucht den Ausdruck eher ironisch abwertend.

687 bißchen Gesicht: *bisschen Schönheit*

688 worauf Sie trotzig tut: *auf die sie trotzig ist*

689 Feuer vergoldet: Die Vergoldung durch erhitztes Gold hatte eine dauerhaftere Wirkung als eine kalte Vergoldung. Hier wird dies bildhaft eingesetzt.

690 Demant: *Diamant*

691 zween: *zwei*

692 Blatternarbe: Narben von eitrigen Hautausschlägen (bspw. von Pocken)

693 Grazien: in der römischen Mythologie die drei *Göttinnen der Anmut*

694 Rubin: *ein roter Edelstein*

695 wider: *gegen*

696 Lose: im Sinne von *du Schelmische*

697 Promessen: aus dem Französ. für *Verheißungen*

698 Manieren und Welt: gesellschaftliche Umgangsformen in der Welt der Aristokraten

LADY. Läppischer[699] Einwurf! Der ausgelassenste Bube ist zu verzagt, uns etwas Beschimpfendes zuzumuten, wenn wir ihm nicht selbst ermunternd entgegengehn. Zeige Sie, wer Sie ist. Gebe Sie sich Ehre und Würde, und ich sage Ihrer Jugend für alle Versuchung gut[700].

LUISE. Erlauben Sie, gnädige Frau, daß ich mich unterstehe, daran zu zweifeln. Die Paläste gewisser Damen sind oft die Freistätten der frechsten Ergötzlichkeit[701]. Wer sollte der Tochter des armen Geigers den Heldenmut zutrauen, den Heldenmut, mitten in die Pest[702] sich zu werfen, und doch dabei vor der Vergiftung zu schaudern? Wer sollte sich träumen lassen, daß Lady Milford ihrem Gewissen einen ewigen Skorpion[703] halte, daß sie Geldsummen aufwende, um den Vorteil zu haben, jeden Augenblick schamrot zu werden? — Ich bin offenherzig, gnädige Frau — Würde Sie mein Anblick ergötzen, wenn Sie einem Vergnügen entgegengingen? Würden Sie ihn ertragen, wenn Sie zurückkämen? — — O besser! besser! Sie lassen Himmelsstriche[704] uns trennen — Sie lassen Meere zwischen uns fließen! — Sehen Sie sich wohl für[705], Mylady — Stunden der Nüchternheit, Augenblicke der Erschöpfung könnten sich melden — Schlangen der Reue könnten Ihren Busen anfallen, und nun — — welche Folter für Sie, im Gesicht ihres Dienstmädchens die heitre Ruhe zu lesen, womit die Unschuld ein reines Herz zu belohnen pflegt. *Sie tritt einen Schritt zurück.* Noch einmal, gnädige Frau. Ich bitte sehr um Vergebung.

LADY *in großer innrer Bewegung herumgehend.* Unerträglich, daß sie mir das sagt! Unerträglicher, daß sie recht hat! *Zu Luisen tretend und ihr starr in die Augen sehend.* Mädchen, du wirst mich nicht überlisten. So warm sprechen Meinungen nicht. Hinter diesen Maximen[706] lauert ein feurigeres Interesse, das dir meine Dienste besonders abscheulich malt — das dein Gespräch so erhitzte — das ich *Drohend.* entdecken muß.

LUISE *gelassen und edel.* Und wenn Sie es nun entdeckten? und wenn Ihr verächtlicher Fersenstoß[707] den beleidigten Wurm aufweckte, dem sein Schöpfer gegen Mißhandlung noch einen Stachel gab? — Ich fürchte Ihre Rache nicht, Lady — Die arme Sünderin auf dem berüchtigten Henkerstuhl lacht zu Weltuntergang. — Mein Elend ist so hoch gestiegen, daß selbst Aufrichtigkeit es nicht mehr vergrößern kann. *Nach einer Pause, sehr ernsthaft.* Sie wollen mich aus dem Staub meiner Herkunft reißen. Ich will sie nicht zergliedern, diese verdächtige Gnade. Ich will nur fragen, was Mylady bewegen konnte, mich für die Törin zu halten, die über ihre Herkunft errötet? Was sie berechtigen konnte, sich zur Schöpferin meines Glücks aufzuwerfen, ehe sie noch wußte, ob ich mein Glück auch von ihren Händen empfangen wolle? — Ich hatte meinen ewigen Anspruch auf die Freuden der Welt zerrissen. Ich hatte dem Glück seine Übereilung vergeben — Warum mahnen Sie mich aufs neu an dieselbe? — Wenn selbst die Gottheit dem

699 Läppischer: *Lächerlicher*

700 sage … gut: *verbürgen, dafür einstehen*

701 Freistätten der frechsten Ergötzlichkeit: Stätten, wo man ungezügelt Vergnügungen nachgeht

702 Pest: bildhaft für *Laster*

703 Skorpion: *giftiger Stachel*

704 Himmelsstriche: *große Gebiete*

705 Sehen Sie sich wohl für: *geben Sie acht, seien Sie vorsichtig*

706 Maximen: *Grundsätzen*

707 Fersenstoß: *Fußtritt*

Blick der Erschaffenen ihre Strahlen verbirgt, daß nicht ihr oberster Seraph[708] vor seiner Verfinsterung zurückschaure – warum wollen Menschen so grausambarmherzig sein? – Wie kommt es, Mylady, daß Ihr gepriesenes Glück das Elend so gern um Neid und Bewunderung anbettelt? – Hat Ihre Wonne die Verzweiflung so nötig zur Folie[709]? – O lieber! so gönnen Sie mir doch eine Blindheit, die mich allein noch mit meinem barbarischen Los versöhnt – Fühlt sich doch das Insekt in einem Tropfen Wassers so selig, als wär es ein Himmelreich, so froh und so selig, bis man ihm von einem Weltmeer erzählt, worin Flotten und Walfische spielen! – – Aber glücklich wollen Sie mich ja wissen? *Nach einer Pause plötzlich zur Lady hintretend und mit Überraschung sie fragend.* Sind Sie glücklich, Mylady? *Diese verläßt sie schnell und betroffen, Luise folgt ihr und hält ihr die Hand vor den Busen.* Hat dieses Herz auch die lachende Gestalt Ihres Standes? Und wenn wir jetzt Brust gegen Brust und Schicksal gegen Schicksal auswechseln sollten – und wenn ich in kindlicher Unschuld – und wenn ich auf Ihr Gewissen[710] – und wenn ich als meine Mutter Sie fragte – würden Sie mir wohl zu dem Tausche raten?

LADY *heftig bewegt in den Sofa sich werfend.* Unerhört! Unbegreiflich! Nein Mädchen! Nein! Diese Größe hast du nicht auf die Welt gebracht, und für einen Vater ist sie zu jugendlich. Lüge mir nicht. Ich höre einen andern Lehrer –

LUISE *fein und scharf ihr in die Augen sehend.* Es sollte mich doch wundern, Mylady, wenn Sie jetzt erst auf diesen Lehrer fielen und doch vorhin schon eine Kondition[711] für mich wußten.

LADY *springt auf.* Es ist nicht auszuhalten! – Ja denn! weil ich dir doch nicht entwischen kann. Ich kenn ihn – weiß alles – weiß mehr, als ich wissen mag. *Plötzlich hält sie inne, darauf mit einer Heftigkeit, die nach und nach bis beinahe zum Toben steigt.* Aber wag es, Unglückliche – wag es, ihn jetzt noch zu lieben, oder von ihm geliebt zu werden – Was sage ich? – Wag es, an ihn zu denken, oder einer von seinen Gedanken zu sein – Ich bin mächtig, Unglückliche – fürchterlich – So wahr Gott lebt! du bist verloren!

LUISE *standhaft.* Ohne Rettung, Mylady, sobald sie ihn zwingen, daß er Sie lieben muß.

LADY. Ich verstehe dich – aber er soll mich nicht lieben. Ich will über diese schimpfliche Leidenschaft siegen, mein Herz unterdrücken und das deinige zermalmen – Felsen und Abgründe will ich zwischen euch werfen; eine Furie[712] will ich mitten durch euren Himmel gehn; mein Name soll eure Küsse, wie ein Gespenst Verbrecher auseinanderscheuchen; deine junge blühende Gestalt unter seiner Umarmung welk wie eine Mumie zusammenfallen – Ich kann nicht mit ihm glücklich werden – aber du sollst es auch nicht werden – Wisse das, Elende! Seligkeit zerstören ist auch Seligkeit.

LUISE. Eine Seligkeit, um die man Sie schon gebracht hat, Mylady. Lästern Sie Ihr eigenes Herz nicht. Sie sind nicht fähig, das auszuüben, was Sie so drohend auf mich herabschwören. Sie sind nicht fähig, ein Geschöpf zu quälen, das Ihnen nichts zuleide getan, als daß es empfunden hat wie Sie – Aber ich liebe Sie um dieser Wallung willen, Mylady.

---

708 Seraph: ein *Engel mit sechs Flügeln*, Engel höchster Ordnung in unmittelbarer Nähe zu Gott

709 Folie: der Hintergrund, auf dem sich ein Bild abbildet

710 auf Ihr Gewissen: *auf Ihr Gewissen vertraue*

711 eine Kondition: *eine Stellung als Bedienstete*

712 Furie: *Rachegöttin*

LADY *die sich jetzt gefaßt hat.* Wo bin ich? Wo war ich? Was hab ich merken lassen? Wen – hab ichs merken lassen? – O Luise, edle, große, göttliche Seele! Vergibs einer Rasenden – Ich will dir kein Haar kränken[713], mein Kind. Wünsche! Fodre! Ich will dich auf den Händen tragen, deine Freundin, deine Schwester will ich sein – Du bist arm – Sieh! *Einige Brillanten herunternehmend.* Ich will diesen Schmuck verkaufen – meine Garderobe, Pferd und Wagen verkaufen – Dein sei alles, aber entsag ihm!

LUISE *tritt zurück voll Befremdung.* Spottet sie einer Verzweifelnden, oder sollte sie an der barbarischen Tat[714] im Ernst keinen Anteil gehabt haben? – Ha! So könnt ich mir ja noch den Schein einer Heldin geben, und meine Ohnmacht zu einem Verdienst aufputzen. *Sie steht eine Weile gedankenvoll, dann tritt sie näher zur Lady, faßt ihre Hand und sieht sie starr und bedeutend an.* Nehmen Sie ihn denn hin, Mylady! – Freiwillig tret ich Ihnen ab den Mann, den man mit Haken der Hölle von meinem blutenden Herzen riß. – – Vielleicht wissen Sie es selbst nicht, Mylady, aber Sie haben den Himmel zweier Liebenden geschleift[715], voneinander gezerrt zwei Herzen, die Gott aneinanderband; zerschmettert ein Geschöpf, das ihm nahe ging wie Sie, das er zur Freude schuf wie Sie, das ihn gepriesen hat wie Sie, und ihn nun nimmermehr preisen wird – Lady! Ins Ohr des Allwissenden schreit auch der letzte Krampf des zertretenen Wurms – es wird ihm nicht gleichgültig sein, wenn man Seelen in seinen Händen[716] mordet! Jetzt ist er Ihnen! Jetzt, Mylady, nehmen Sie ihn hin! Rennen Sie in seine Arme! Reißen Sie ihn zum Altar – Nur vergessen Sie nicht, daß zwischen Ihren Brautkuß das Gespenst einer Selbstmörderin stürzen wird – Gott wird barmherzig sein – Ich kann mir nicht anders helfen. *Sie stürzt hinaus.*

Achte Szene

LADY *allein. Steht erschüttert und außer sich, den starren Blick nach der Türe gerichtet, durch welche die Millerin weggeeilt; endlich erwacht sie aus ihrer Betäubung.* Wie war das? Wie geschah mir? Was sprach die Unglückliche? – Noch, o Himmel! noch zerreißen sie mein Ohr, die fürchterlichen mich verdammenden Worte: Nehmen Sie ihn hin! – Wen, Unglückselige? Das Geschenk deines Sterberöchelns – das schauervolle Vermächtnis deiner Verzweiflung! Gott! Gott! Bin ich so tief gesunken – so plötzlich von allen Thronen meines Stolzes herabgestürzt, daß ich heißhungrig erwarte, was einer Bettlerin Großmut aus ihrem letzten Todeskampfe mir zuwerfen wird? – Nehmen Sie ihn hin, und das spricht sie mit einem Tone, begleitet sie mit einem Blicke – – Ha! Emilie! Bist du darum über die Grenzen deines Geschlechts[717] weggeschritten? Mußtest

---

713 kein Haar kränken: *kein Haar zu Leide tun*

714 barbarischen Tat: Luise denkt an den Liebesbrief, der ihr von Wurm diktiert wurde.

715 geschleift: *zerstört*

716 Seelen in seinen Händen: Seelen, die in den Händen Gottes liegen

717 Grenzen deines Geschlechts: Was die Milford gegenüber Ferdinand erzählte. Sie hatte sich politisch eingemischt.

du darum um den prächtigen Namen des großen britischen Weibes buhlen, daß das prahlende Gebäude deiner Ehre neben der höheren Tugend einer verwahrlosten Bürgerdirne versinken soll? – Nein, stolze Unglückliche! Nein! – Beschämen läßt sich Emilie Milford – doch beschimpfen nie! Auch ich habe Kraft, zu entsagen.

Mit majestätischen Schritten auf und nieder.

Verkrieche dich jetzt, weiches leidendes Weib – Fahret hin, süße goldene Bilder der Liebe – Großmut allein sei jetzt meine Führerin! – – Dieses liebende Paar ist verloren, oder Milford muß ihren Anspruch vertilgen, und im Herzen des Fürsten erlöschen! *Nach einer Pause, lebhaft.* Es ist geschehen! – Gehoben das furchtbare Hindernis – Zerbrochen alle Bande zwischen mir und dem Herzog, gerissen aus meinem Busen diese wütende Liebe! – – In deine Arme werf ich mich, Tugend! – Nimm sie auf, deine reuige Tochter Emilie! – Ha! wie mir so wohl ist! Wie ich auf einmal so leicht! so gehoben mich fühle! – Groß, wie eine fallende Sonne, will ich heut vom Gipfel meiner Hoheit heruntersinken, meine Herrlichkeit sterbe mit meiner Liebe, und nichts als mein Herz begleite mich in diese stolze Verweisung[718]! *Entschlossen zum Schreibpult gehend.* Jetzt gleich muß es geschehen – jetzt auf der Stelle, ehe die Reize des lieben Jünglings den blutigen Kampf meines Herzens erneuern. *Sie setzt sich nieder und fängt an zu schreiben.*

Neunte Szene

Lady. Ein Kammerdiener. Sophie, hernach der Hofmarschall, zuletzt Bediente.

KAMMERDIENER. Hofmarschall von Kalb stehen im Vorzimmer mit einem Auftrag vom Herzog.

LADY *in der Hitze des Schreibens.* Auftaumeln[719] wird sie, die fürstliche Drahtpuppe[720]! Freilich! der Einfall ist auch drollig genug, so eine durchlauchtige Hirnschale auseinanderzutreiben! – Seine Hofschranzen[721] werden wirbeln – Das ganze Land wird in Gärung kommen.

KAMMERDIENER und **SOPHIE**. Der Hofmarschall, Mylady –

LADY *dreht sich um.* Wer? Was? – Desto besser! Diese Sorte von Geschöpfen ist zum Sacktragen[722] auf der Welt. Er soll mir willkommen sein.

Kammerdiener geht ab.

---

718 Verweisung: *Verbannung*

719 Auftaumeln: *taumelnd aufstehen*

720 Drahtpuppe: *Marionette*

721 Hofschranzen: *billig schmeichelnde Hofmänner*

722 Geschöpfen ... Sacktragen: *ein Esel*

SOPHIE *ängstlich näherkommend.* Wenn ich nicht fürchten müßte, Mylady, es wäre Vermessenheit – *Lady schreibt hitzig fort.* Die Millerin stürzte außer sich durch den Vorsaal – Sie glühen – Sie sprechen mit sich selbst – *Lady schreibt immer fort.* Ich erschrecke – Was muß geschehen sein?

HOFMARSCHALL *tritt herein, macht dem Rücken der Lady tausend Verbeugungen; da sie ihn nicht gleich bemerkt, kommt er näher, stellt sich hinter ihren Sessel, sucht den Zipfel ihres Kleids wegzukriegen*[723] *und drückt einen Kuß darauf, mit furchtsamem Lispeln.* Serenissimus[724] –

LADY *indem sie Sand streut*[725] *und das Geschriebene durchfliegt.* Er wird mir schwarzen[726] Undank zur Last legen – Ich war eine Verlassene. Er hat mich aus dem Elend gezogen – Aus dem Elend? – Abscheulicher Tausch! – Zerreiße deine Rechnung, Verführer! – Meine ewige Schamröte bezahlt sie mit Wucher[727].

HOFMARSCHALL *nachdem er die Lady vergeblich vor, allen Seiten umgangen hat.* Mylady scheinen etwas distrait[728] zu sein – Ich werde mir wohl selbst die Kühnheit erlauben müssen. *Sehr laut.* Serenissimus schicken mich, Mylady zu fragen, ob diesen Abend Vauxhall[729] sein werde oder teutsche Komödie[730]?

LADY *lachend aufstehend.* Eins von beiden, mein Engel – Unterdessen bringen Sie Ihrem Herzog diese Karte zum Dessert[731]! *Gegen Sophien*[732]. Du, Sophie, befiehlst, daß man anspannen soll, und rufst meine ganze Garderobe[733] in diesen Saal zusammen. –

SOPHIE *geht ab voll Bestürzung.* O Himmel! Was ahndet mir? Was wird das noch werden?

HOFMARSCHALL. Sie sind echauffiert[734], meine Gnädige?

LADY. Um so weniger wird hier gelogen sein – Hurra, Herr Hofmarschall! Es wird eine Stelle vakant[735]. Gut Wetter für Kuppler. *Da der Marschall einen zweifelhaften Blick auf den Zettel wirft.* Lesen Sie, lesen Sie! – Es ist mein Wille, daß der Inhalt nicht unter vier Augen bleibe.

HOFMARSCHALL *liest, unterdessen sammeln sich die Bedienten der Lady im Hintergrund.*

»Gnädigster Herr,

Ein Vertrag, den Sie so leichtsinnig brachen, kann mich nicht mehr binden. Die Glückseligkeit Ihres Landes war die Bedingung meiner Liebe. Drei Jahre währte der Betrug. Die Binde fällt mir von den Augen; ich verabscheue Gunstbezeugungen, die von den Tränen

---

723 wegzukriegen: *zu fassen*

724 Serenissimus: der Titel des Fürsten

725 Sand streut: Zum Trocknen der Tinte wurde Sand auf das Papier gestreut, der die Feuchtigkeit bindet.

726 schwarzen: als Verstärkung, hier *größten Undank*

727 mit Wucher: *mit hohem Gewinn*

728 distrait: französ. für *zerstreut*

729 Vauxhall: eine Bezeichnung für Ballveranstaltungen in Mannheim. *Vauxhall* bezieht sich auf ein Gartenfest nach englischem Vorbild.

730 teutsche Komödie: ein *deutsches Schauspiel*

731 Dessert: französ. für *Nachtisch*

732 Gegen Sophien: *zu Sophie*

733 Garderobe: gemeint ist die *Dienerschaft*

734 echauffiert: französ. für *erhitzt sich, ist außer sich*

735 vakant: *frei*

der Untertanen triefen. – Schenken Sie die Liebe, die ich Ihnen nicht mehr erwidern kann, Ihrem weinenden Lande, und lernen von einer britischen Fürstin Erbarmen gegen Ihr teutsches Volk. In einer Stunde bin ich über der Grenze.

Johanna Norfolk[736].«

ALLE BEDIENTE *murmeln bestürzt durcheinander.* Über der Grenze?

HOFMARSCHALL *legt die Karte erschrocken auf den Tisch.* Behüte der Himmel, meine Beste und Gnädige! Dem Überbringer müßte der Hals ebenso jücken[737] als der Schreiberin.

LADY. Das ist deine Sorge, du Goldmann – Leider weiß ich es, daß du und deinesgleichen am Nachbeten dessen, was andre getan haben, erwürgen[738]! – Mein Rat wäre, man backte den Zettel in eine Wildbretpastete, so fänden ihn Serenissimus auf dem Teller –

HOFMARSCHALL. Ciel[739]! Diese Vermessenheit! – So erwägen Sie doch, so bedenken Sie doch, wie sehr Sie sich in Disgrace[740] setzen, Lady!

LADY *wendet sich zu der versammelten Dienerschaft und spricht das Folgende mit der innigsten Rührung.* Ihr steht bestürzt, guten Leute, erwartet angstvoll, wie sich das Rätsel entwickeln[741] wird? – Kommt näher, meine Lieben – Ihr dientet mir redlich und warm, sahet mir öfter in die Augen als in die Börse[742], euer Gehorsam war eure Leidenschaft, euer Stolz – meine Gnade! – – Daß das Andenken eurer Treue zugleich das Gedächtnis meiner Erniedrigung sein muß! Trauriges Schicksal, daß meine schwärzesten Tage eure glücklichen waren! *Mit Tränen in den Augen.* Ich entlasse euch, meine Kinder – – Lady Milford ist nicht mehr, und Johanna von Norfolk zu arm, ihre Schuld abzutragen – Mein Schatzmeister stürze[743] meine Schatulle[744] unter euch – Dieser Palast bleibt dem Herzog – Der Ärmste von euch wird reicher von hinnen gehen[745] als seine Gebieterin. *Sie reicht ihre Hände hin, die alle nacheinander mit Leidenschaft küssen.* Ich verstehe euch, meine Guten – Lebt wohl! Lebt ewig wohl! *Faßt sich aus ihrer Beklemmung.* Ich höre den Wagen vorfahren. *Sie reißt sich los, will hinaus, der Hofmarschall verrennt[746] ihr den Weg.* Mann des Erbarmens, stehst du noch immer da?

HOFMARSCHALL *der diese ganze Zeit über mit einem Geistesbankerott[747] auf den Zettel sah.* Und dieses Billett[748] soll ich Seiner Hochfürstlichen Durchlaucht zu höchsteigenen Händen geben?

---

736 Johanna Norfolk: Dies ist ihr eigener Name, den sie abgelegt hatte und nun wieder verwendet. Der Name *Emilie Milford* war nur angenommen.

737 jücken: *jucken*, hier bildhaft für: *Der Überbringer des Briefes wird auch seinen Kopf verlieren.*

738 erwürgen: *ersticken*

739 Ciel: französ. für *Himmel*

740 Disgrace: französ. für *Ungnade*

741 entwickeln: *lösen*

742 Börse: *Geldbörse*

743 stürze: *schütte aus, verteile*

744 Schatulle: aus dem Französ. für *Schmuckkasten.* Sie gibt ihren Besitz an die Dienerschaft weiter.

745 von hinnen gehen: *von hier fortgehen*

746 verrennt: *versperrt*

747 Geistesbankerott: *unfähig, einen Gedanken zu fassen*

748 Billett: *kurzer Brief*

LADY. Mann des Erbarmens! zu höchsteigenen Händen, und sollst melden zu höchsteigenen Ohren, weil ich nicht barfuß nach Loretto[749] könne, so werde ich um den Taglohn arbeiten, mich zu reinigen von dem Schimpf[750], ihn beherrscht zu haben.

Sie eilt ab. Alle übrigen gehen sehr bewegt auseinander.

---

749 Loretto: ein Wallfahrtsort in Italien. Zur Sühne von schweren Sünden begab man sich zu Fuß dorthin.

750 dem Schimpf: *der Entehrung*

Fünfter Akt

Abends zwischen Licht[751] *in einem Zimmer beim Musikanten.*

Erste Szene

Luise sitzt stumm und ohne sich zu rühren in dem finstersten Winkel des Zimmers, den Kopf auf den Arm gesunken. Nach einer großen und tiefen Pause kommt Miller mit einer Handlaterne, leuchtet ängstlich im Zimmer herum, ohne Luisen zu bemerken, dann legt er den Hut auf den Tisch und setzt die Laterne nieder.

MILLER. Hier ist sie auch nicht. Hier wieder[752] nicht – Durch alle Gassen bin ich gezogen, bei allen Bekannten bin ich gewesen, auf allen[753] Toren hab ich gefragt – Mein Kind hat man nirgends gesehen. *Nach einigem Stillschweigen.* Geduld, armer, unglücklicher Vater. Warte ab, bis es Morgen wird. Vielleicht kommt deine Einzige dann ans Ufer geschwommen – – Gott! Gott! Wenn ich mein Herz zu abgöttisch an diese Tochter hing? – Die Strafe ist hart. Himmlischer Vater, hart! Ich will nicht murren, himmlischer Vater, aber die Strafe ist hart. *Er wirft sich gramvoll in einen Stuhl.*

LUISE *spricht aus dem Winkel.* Du tust recht, armer, alter Mann! Lerne beizeit noch verlieren.

MILLER *springt auf.* Bist du da, mein Kind? Bist du? – Aber warum denn so einsam und ohne Licht?

LUISE. Ich bin darum doch nicht einsam. Wenns so recht schwarz wird um mich herum, hab ich meine besten Besuche.

MILLER. Gott bewahre dich! Nur der Gewissenswurm schwärmt mit der Eule[754]. Sünden und böse Geister scheuen das Licht.

LUISE. Auch die Ewigkeit, Vater, die mit der Seele ohne Gehilfen redet[755].

MILLER. Kind! Kind! Was für Reden sind das?

LUISE *steht auf und kommt vorwärts.* Ich hab einen harten Kampf gekämpft. Er weiß es, Vater. Gott gab mir Kraft. Der Kampf ist entschieden. Vater! man pflegt unser Geschlecht zart und zerbrechlich zu nennen. Glaub Er das nicht mehr. Vor einer Spinne schütteln

751 zwischen Licht: *in der Dämmerung*

752 wieder: er hatte hier bereits gesucht, bevor er aufgebrochen war

753 auf allen: *an allen*

754 Gewissenswurm schwärmt mit der Eule: Nur das schlechtes Gewissen kommt in der Nacht.

755 Ewigkeit ... mit der Seele ohne Gehilfen redet: Am jüngsten Tag steht jede Seele allein vor dem richtenden Schöpfer.

wir uns, aber das schwarze[756] Ungeheuer Verwesung drücken wir im Spaß[757] in die Arme. Dieses zur Nachricht, Vater. Seine Luise ist lustig.

MILLER. Höre, Tochter! Ich wollte, du heultest. Du gefielst mir so besser.

LUISE. Wie ich ihn überlisten will, Vater! Wie ich den Tyrannen betrügen will! – Die Liebe ist schlauer als die Bosheit und kühner – das hat er nicht gewußt, der Mann mit dem traurigen Stern[758] – O! sie sind pfiffig, solang sie es nur mit dem Kopf zu tun haben, aber sobald sie mit dem Herzen anbinden, werden die Böswichter dumm – – Mit einem Eid gedachte er seinen Betrug zu versiegeln? Eide, Vater, binden wohl die Lebendigen, im Tode schmilzt auch der Sakramente eisernes Band[759]. Ferdinand wird seine Luise kennen – Will Er mir dies Billett[760] besorgen, Vater? Will Er so gut sein?

MILLER. An wen, meine Tochter?

LUISE. Seltsame Frage! Die Unendlichkeit und mein Herz haben miteinander nicht Raum genug für einen einzigen Gedanken an ihn – Wenn[761] hätt ich denn wohl an sonst jemand schreiben sollen?

MILLER *unruhig*. Höre, Luise! Ich erbreche[762] den Brief.

LUISE. Wie Er will, Vater – aber Er wird nicht klug daraus werden. Die Buchstaben liegen wie kalte Leichname da und leben nur Augen[763] der Liebe.

MILLER *liest*. »Du bist verraten, Ferdinand – ein Bubenstück ohne Beispiel zerriß den Bund unsrer Herzen, aber ein schröcklicher[764] Schwur hat meine Zunge gebunden, und dein Vater hat überall seine Horcher[765] gestellt. Doch wenn du Mut hast, Geliebter – ich weiß einen dritten Ort, wo kein Eidschwur mehr bindet, und wohin ihm kein Horcher geht.« *Miller hält inne und sieht ihr ernsthaft ins Gesicht.*

LUISE. Warum sieht Er mich so an? Les Er doch ganz aus, Vater.

MILLER. »Aber Mut genug mußt du haben, eine finstre Straße zu wandeln, wo dir nichts leuchtet als deine Luise und Gott – Ganz nur Liebe[766] mußt du kommen, daheim lassen all deine Hoffnungen und all deine brausenden Wünsche; nichts kannst du brauchen als dein Herz. Willst du – so brich auf, wenn die Glocke den zwölften Streich[767] tut auf dem Karmeliterturm[768]. Bangt dir[769] – so durchstreiche das Wort stark vor deinem Geschlech-

---

756 schwarze: *tödliche*

757 im Spaß: *scherzhaft*

758 Mann mit dem traurigen Stern: *der Präsident mit seinem jämmerlichen Ordensstern*

759 Sakramente eisernes Band: die Verbindlichkeit der Sakramente. Eine Anspielung auf den Eid, den sie gegenüber Wurm leisten musste.

760 Billett: *kurzer Brief*

761 Wenn: *Wann*

762 erbreche: *den versiegelten Brief aufbrechen, das Siegel aufbrechen*

763 nur Augen: *nur für Augen*

764 schröcklicher: *schrecklicher*

765 Horcher: *Spitzel*

766 Ganz nur Liebe: *Du musst ganz nur Liebe sein*

767 Streich: *Schlag*

768 Karmeliterturm: *Turm der Karmeliterkirche*, eines im 12. Jh. gegründeten Ordens

769 Bangt dir: *Ist dir bange*

te, denn ein Mädchen hat dich zuschanden gemacht[770].« *Miller legt das Billett nieder, schaut lange mit einem schmerzlichen starren Blick vor sich hinaus, endlich kehrt er sich gegen sie[771] und sagt mit leiser, gebrochener Stimme.* Und dieser dritte Ort, meine Tochter?

LUISE. Er kennt ihn nicht, Er kennt ihn wirklich nicht, Vater? – Sonderbar! Der Ort ist zum Finden gemalt. Ferdinand wird ihn finden.

MILLER. Hum! Rede deutlicher.

LUISE. Ich weiß soeben kein liebliches Wort dafür – Er muß nicht erschrecken, Vater, wenn ich Ihm ein häßliches nenne. Dieser Ort – O warum hat die Liebe nicht Namen erfunden! Den schönsten hätte sie diesem gegeben. Der dritte Ort, guter Vater – aber Er muß mich ausreden lassen – der dritte Ort ist das Grab.

MILLER *zu einem Sessel hinwankend.* O mein Gott!

LUISE *geht auf ihn zu und hält ihn.* Nicht doch, mein Vater! Das sind nur Schauer, die sich um das Wort herumlagern – Weg mit diesem, und es liegt ein Brautbette da, worüber der Morgen seinen goldenen Teppich breitet, und die Frühlinge ihre bunte Girlanden[772] streun. Nur ein heulender Sünder konnte den Tod ein Gerippe schelten; es ist ein holder, niedlicher Knabe, blühend, wie sie den Liebesgott[773] malen, aber so tückisch nicht – ein stiller, dienstbarer Genius, der der erschöpften Pilgerin Seele[774] den Arm bietet über den Graben der Zeit[775], das Feenschloß der ewigen Herrlichkeit aufschließt, freundlich nickt und verschwindet.

MILLER. Was hast du vor, meine Tochter? – Du willst eigenmächtig Hand an dich legen.

LUISE. Nenn Er es nicht so, mein Vater. Eine Gesellschaft räumen, wo ich nicht wohlgelitten[776] bin – An einen Ort vorausspringen[777], den ich nicht länger missen kann – Ist denn das Sünde?

MILLER. Selbstmord ist die abscheulichste, mein Kind – die einzige, die man nicht mehr bereuen kann, weil Tod und Missetat zusammenfallen.

LUISE *bleibt erstarrt stehen.* Entsetzlich! – Aber so rasch wird es doch nicht gehn. Ich will in den Fluß springen, Vater, und im Hinuntersinken Gott den Allmächtigen um Erbarmen bitten.

MILLER. Das heißt, du willst den Diebstahl bereuen, sobald du das Gestohlene in Sicherheit weißt – Tochter! Tochter! gib acht, daß du Gottes nicht spottest, wenn du seiner am meisten vonnöten hast. O! es ist weit! weit mit dir gekommen! – Du hast dein Gebet aufgegeben, und der Barmherzige zog seine Hand von dir.

LUISE. Ist lieben denn Frevel[778], mein Vater?

---

770 zuschanden gemacht: *verdorben*

771 kehrt er sich gegen sie: *dreht er sich zu ihr*

772 Girlanden: *Blumengebinde*

773 Liebesgott: *Amor*, der Liebesgott in der römischen Mythologie

774 der erschöpften Pilgerin Seele: *der erschöpften Seele der Pilgerin*

775 Graben der Zeit: der *Graben zwischen Leben und Tod*

776 nicht wohlgelitten bin: *nicht willkommen bin, ungern gesehen werde*

777 vorausspringen: *vorauseilen*

778 Frevel: *Beleidigung Gottes*

MILLER. Wenn du Gott liebst, wirst du nie bis zum Frevel lieben — — Du hast mich tief gebeugt, meine Einzige! tief, tief, vielleicht zur Grube[779] gebeugt. — Doch! ich will dir dein Herz nicht noch schwerer machen — Tochter! ich sprach vorhin etwas. Ich glaubte allein zu sein. Du hast mich behorcht, und warum sollt ichs noch länger geheim halten? Du warst mein Abgott. Höre, Luise, wenn du noch Platz für das Gefühl eines Vaters hast — Du warst mein Alles. Jetzt vertust du nicht mehr von deinem Eigentum. Auch ich hab alles zu verlieren. Du siehst, mein Haar fängt an grau zu werden. Die Zeit meldet sich allgemach[780] bei mir, wo uns Vätern die Kapitale zustatten kommen[781], die wir im Herzen unsrer Kinder anlegten — Wirst du mich darum betrügen, Luise? Wirst du dich mit dem Hab und Gut deines Vaters auf und davon machen?

LUISE *küßt seine Hand mit der heftigsten Rührung*. Nein, mein Vater. Ich gehe als Seine große Schuldnerin aus der Welt, und werde in der Ewigkeit mit Wucher[782] bezahlen.

MILLER. Gib acht, ob du dich da nicht verrechnest, mein Kind? *Sehr ernst und feierlich*. Werden wir uns dort wohl noch finden? — — Sieh! Wie du blaß wirst! — Meine Luise begreift es von selbst, daß ich sie in jener Welt nicht wohl mehr einholen kann, weil ich nicht so früh dahin eile wie sie. *Luise stürzt ihm in den Arm, von Schauern ergriffen — Er drückt sie mit Feuer*[783] *an seine Brust und fährt fort mit beschwörender Stimme*. O Tochter! Tochter! Gefallene, vielleicht schon verlorene Tochter! Beherzige das ernsthafte Vaterwort! Ich kann nicht über dich wachen. Ich kann dir die Messer nehmen, du kannst dich mit einer Stricknadel töten. Für Gift[784] kann ich dich bewahren, du kannst dich mit einer Schnur Perlen erwürgen. — Luise — Luise — nur warnen kann ich dich noch — Willst du es darauf ankommen lassen, daß dein treuloses Gaukelbild[785] auf der schröcklichen[786] Brücke zwischen Zeit und Ewigkeit von dir weiche? Willst du dich vor des Allwissenden Thron mit der Lüge wagen: Deinetwegen, Schöpfer, bin ich da! wenn deine strafbare Augen ihre sterbliche Puppe[787] suchen? — Und wenn dieser zerbrechliche Gott deines Gehirns[788], jetzt Wurm wie du, zu den Füßen deines Richters sich windet, deine gottlose Zuversicht in diesem schwankenden Augenblick Lügen straft, und deine betrogene Hoffnungen an die ewige Erbarmung verweist, die der Elende für sich selbst kaum erflehen kann — Wie dann? *Nachdrücklicher, lauter*. Wie dann, Unglückselige? *Er hält sie fester, blickt sie eine Weile starr und durchdringend an, dann verläßt er sie schnell*. Jetzt weiß ich nichts mehr — *Mit aufgehobener Rechte*[789]. stehe dir, Gott Richter! für diese

779 zur Grube: *zum Grab*

780 allgemach: *allmählich*

781 Kapitale zustatten kommen: die gesparten Gelder als Sinnbild für die zurückgegebene Fürsorge für die Kinder

782 Wucher: *hohen Zinsen*

783 mit Feuer: *leidenschaftlich*

784 Für Gift: *Vor Gift*

785 Gaukelbild: *Trugbild Ferdinands*

786 schröcklichen: *schrecklichen*

787 sterbliche Puppe: wahrscheinlich ist Ferdinand gemeint

788 Gott deines Gehirns: auch hiermit scheint Ferdinand gemeint zu sein

789 Mit aufgehobener Rechte: *mit erhobener rechter Hand*

Seele nicht mehr[790]. Tu, was du willst. Bring deinem schlanken Jüngling ein Opfer, daß deine Teufel jauchzen und deine guten Engel zurücktreten – Zieh hin! Lade alle deine Sünden auf, lade auch diese, die letzte, die entsetzlichste auf, und wenn die Last noch zu leicht ist, so mache mein Fluch das Gewicht vollkommen – Hier ist ein Messer – durchstich dein Herz, und *Indem er laut weinend fortstürzen will.* das Vaterherz!

LUISE *springt auf und eilt ihm nach.* Halt! Halt! O mein Vater! – Daß die Zärtlichkeit noch barbarischer zwingt als Tyrannenwut! – Was soll ich? Ich kann nicht! Was muß ich tun?

MILLER. Wenn die Küsse deines Majors heißer brennen als die Tränen deines Vaters – stirb!

LUISE *nach einem qualvollem Kampf mit einiger Festigkeit.* Vater! Hier ist meine Hand! Ich will – Gott! Gott! was tu ich? was will ich? Vater, ich schwöre – Wehe mir, wehe! Verbrecherin, wohin ich mich neige[791]! – Vater, es sei! – Ferdinand – Gott sieht herab! – So zernicht[792] ich sein letztes Gedächtnis[793]. *Sie zerreißt den Brief.*

MILLER *stürzt ihr freudetrunken an den Hals.* Das ist meine Tochter! – Blick auf! Um einen Liebhaber bist du leichter, dafür hast du einen glücklichen Vater gemacht. *Unter Lachen und Weinen sie umarmend.* Kind! Kind, das ich den Tag meines Lebens nicht wert war! Gott weiß, wie ich schlechter Mann zu diesem Engel gekommen bin! – Meine Luise, mein Himmelreich! – O Gott! ich verstehe ja wenig vom Lieben, aber daß es eine Qual sein muß, aufzuhören – so was begreif ich noch.

LUISE. Doch hinweg aus dieser Gegend, mein Vater – Weg von der Stadt, wo meine Gespielinnen meiner spotten, und mein guter Name dahin ist auf immerdar[794] – Weg, weg, weit weg von dem Ort, wo mich so viele Spuren der verlorenen Seligkeit anreden – Weg, wenn es möglich ist –

MILLER. Wohin du nur willst, meine Tochter. Das Brot unsers Herrgotts wächst überall, und Ohren wird er auch meiner Geige bescheren. Ja! Laß auch alles dahingehn – Ich setze die Geschichte deines Grams auf die Laute, singe dann ein Lied von der Tochter, die, ihren Vater zu ehren, ihr Herz zerriß – wir betteln mit der Ballade von Türe zu Türe, und das Almosen wird köstlich schmecken von den Händen der Weinenden –

---

790 stehe dir ... für diese Seele nicht mehr: *er steht für diese Seele nicht mehr vor Gott ein*

791 wohin ich mich neige: *egal, wie ich mich entscheide*

792 zernicht: *vernichte*

793 sein letztes Gedächtnis: *mein letztes Gedächtnis an ihn*

794 auf immerdar: *für immer*

Zweite Szene

Ferdinand zu den Vorigen.

LUISE *wird ihn zuerst gewahr und wirft sich Millern laut schreiend um den Hals.* Gott! Da ist er! Ich bin verloren!

MILLER. Wo? Wer?

LUISE *zeigt mit abgewandtem Gesicht auf den Major und drückt sich fester an ihren Vater.* Er! Er selbst! – Seh Er nur um sich, Vater – Mich zu ermorden ist er da!

MILLER *erblickt ihn, fährt zurück.* Was? Sie hier, Baron?

FERDINAND *kommt langsam näher, bleibt Luisen gegenüber stehn und läßt den starren, forschenden Blick auf ihr ruhen, nach einer Pause.* Überraschtes Gewissen[795], habe Dank! Dein Bekenntnis ist schrecklich, aber schnell und gewiß, und erspart mir die Folterung. – Guten Abend, Miller.

MILLER. Aber um Gottes willen! Was wollen Sie, Baron? Was führt Sie her? Was soll dieser Überfall?

FERDINAND. Ich weiß eine Zeit, wo man den Tag in seine Sekunden zerstückte, wo Sehnsucht nach mir sich an die Gewichte der zögernden Wanduhr hing, und auf den Aderschlag[796] lauerte, unter dem ich erscheinen sollte – Wie kommts, daß ich jetzt überrasche?

MILLER. Gehen Sie, gehen Sie, Baron – Wenn noch ein Funke von Menschlichkeit in Ihrem Herzen zurückblieb – Wenn Sie die nicht erwürgen wollen, die Sie zu lieben vorgeben, fliehen Sie, bleiben Sie keinen Augenblick länger. Der Segen war fort aus meiner Hütte, sobald Sie einen Fuß darein setzten – Sie haben das Elend unter mein Dach gerufen, wo sonst nur die Freude zu Hause war. Sind Sie noch nicht zufrieden? Wollen Sie auch in der Wunde noch wühlen, die Ihre unglückliche Bekanntschaft meinem einzigen Kinde schlug?

FERDINAND. Wunderlicher Vater, jetzt komm ich ja, deiner Tochter etwas Erfreuliches zu sagen.

MILLER. Neue Hoffnungen etwa zu einer neuen Verzweiflung? – Geh, Unglücksbote! Dein Gesicht schimpft deine Ware[797].

FERDINAND. Endlich ist es erschienen, das Ziel meiner Hoffnungen! Lady Milford, das furchtbarste Hindernis unsrer Liebe, floh diesen Augenblick aus dem Lande. Mein Vater billigt meine Wahl. Das Schicksal läßt nach, uns zu verfolgen. Unsre glücklichen Sterne gehen auf – Ich bin jetzt da, mein gegebenes Wort einzulösen, und meine Braut zum Altar abzuholen.

795 Überraschtes Gewissen: Ferdinand tobt innerlich und wertet daher alle Zeichen einseitig als Indiz für Luises angeblichen Betrug. Das betrifft auch ihre Handlungsweise bei seinem Eintreten.

796 Aderschlag: *Pulsschlag*

797 schimpft deine Ware: *schimpft* im Schwäbischen für *lästerlich*, hier *macht deine Ware schlecht*

MILLER. Hörst du ihn, meine Tochter? Hörst du ihn sein Gespötte mit deinen getäuschten Hoffnungen treiben? O wahrlich, Baron! Es steht dem Verführer so schön, an seinem Verbrechen seinen Witz[798] noch zu kützeln[799].

FERDINAND. Du glaubst, ich scherze. Bei meiner Ehre nicht! Meine Aussage ist wahr, wie die Liebe meiner Luise, und heilig will ich sie halten, wie sie ihre Eide – Ich kenne nichts Heiligers – Noch zweifelst du? Noch kein freudiges Erröten auf den Wangen meiner schönen Gemahlin? Sonderbar! Die Lüge muß hier gangbare Münze[800] sein, wenn die Wahrheit so wenig Glauben findet. Ihr mißtraut meinen Worten? So glaubt diesem schriftlichen Zeugnis. *Er wirft Luisen den Brief an den Marschall zu.*

Luise schlägt ihn auseinander und sinkt leichenblaß nieder.

MILLER *ohne das zu bemerken, zum Major.* Was soll das bedeuten, Baron? Ich verstehe Sie nicht.

FERDINAND *führt ihn zu Luisen hin.* Desto besser hat mich diese verstanden!

MILLER *fällt an ihr nieder.* O Gott! meine Tochter!

FERDINAND. Bleich wie der Tod! – Jetzt erst gefällt sie mir, deine Tochter! So schön war sie nie, die fromme, rechtschaffne Tochter – Mit diesem Leichengesicht – – Der Odem[801] des Weltgerichts, der den Firnis[802] von jeder Lüge streift, hat jetzt die Schminke verblasen[803], womit die Tausendkünstlerin[804] auch die Engel des Lichts hintergangen hat – Es ist ihr schönstes Gesicht! Es ist ihr erstes wahres Gesicht! Laß mich es küssen! *Er will auf sie zugehen.*

MILLER. Zurück! Weg! Greife nicht an das Vaterherz, Knabe! Vor deinen Liebkosungen konnt ich sie nicht bewahren, aber ich kann es vor deinen Mißhandlungen.

FERDINAND. Was willst du, Graukopf? Mit dir hab ich nichts zu schaffen. Menge dich [805]ja nicht in ein Spiel, das so offenbar verloren ist – oder bist du auch vielleicht klüger, als ich dir zugetraut habe? Hast du die Weisheit deiner sechzig Jahre zu den Buhlschaften deiner Tochter geborgt, und dies ehrwürdige Haar mit dem Gewerb eines Kupplers geschändet? – O! wenn das nicht ist, unglücklicher alter Mann, lege dich nieder und stirb – Noch ist es Zeit. Noch kannst du in dem süßen Taumel entschlafen: Ich war ein glücklicher Vater! – einen Augenblick später, und du schleuderst die giftige Natter[806] ihrer höllischen Heimat zu, verfluchst das Geschenk und den Geber, und fährst mit der Gotteslästerung in die Grube[807]. *Zu Luisen.* Sprich, Unglückselige! Schriebst du diesen Brief?

MILLER *warnend zu Luisen.* Um Gotteswillen, Tochter! Vergiß nicht! Vergiß nicht!

---

798 Witz: *Geist*

799 kützeln: *kitzeln* im Sinne von *zu ergötzen, zu erlaben*

800 gangbare Münze: *gangbar* steht für *häufig gebracht, üblich, geläufig,* hier bildlich etwa *übliche Unsitte*

801 Odem: *Atem*

802 Firnis: ein harziger Überzug zur Konservierung

803 verblasen: *weggeblasen*

804 Tausendkünstlerin: *Tausendkünstler* ist auch eine Bezeichnung für den Teufel.

805 Menge dich: *Mische dich*

806 giftige Natter: gemeint ist Luise

807 in die Grube: *ins Grab*

LUISE. O dieser Brief, mein Vater –

FERDINAND. Daß er in die unrechte Hände fiel? Gepriesen sei mir der Zufall, er hat größere Taten getan als die klügelnde[808] Vernunft, und wird besser bestehn an jenem Tag als der Witz[809] aller Weisen – Zufall sage ich? – O die Vorsehung ist dabei, wenn Sperlinge fallen, warum nicht, wo ein Teufel entlarvt werden soll?[810] – Antwort will ich! – Schriebst du diesen Brief?

MILLER *seitwärts zu ihr mit Beschwörung.* Standhaft! Standhaft, meine Tochter! Nur noch das einzige Ja, und alles ist überwunden.

FERDINAND. Lustig! Lustig! Auch der Vater betrogen. Alles betrogen! Nun sieh, wie sie dasteht, die Schändliche, und selbst ihre Zunge nun ihrer letzten Lüge den Gehorsam aufkündigt! Schwöre bei Gott! bei dem fürchterlich wahren! Schriebst du diesen Brief?

LUISE *nach einem qualvollen Kampf, worin sie durch Blicke mit ihrem Vater gesprochen hat, fest und entscheidend.* Ich schrieb ihn.

FERDINAND *bleibt erschrocken stehen.* Luise – Nein! So wahr meine Seele lebt! du lügst – Auch die Unschuld bekennt sich auf der Folterbank zu Freveln, die sie nie beging – Ich fragte zu heftig – Nicht wahr, Luise – du bekanntest nur, weil ich zu heftig fragte?

LUISE. Ich bekannte, was wahr ist.

FERDINAND. Nein sag ich! Nein! Nein! Du schriebst nicht. Es ist deine Hand gar nicht – Und wäre sies, warum sollten Handschriften schwerer nachzumachen sein, als Herzen zu verderben? Rede mir wahr, Luise – oder nein, nein, tu es nicht, du könntest Ja sagen, und ich wär verloren – Eine Lüge, Luise – eine Lüge – O wenn du jetzt eine wüßtest, mir hinwärfest mit der offenen Engelmiene, nur mein Ohr, nur mein Aug überredetest, dieses Herz auch noch so abscheulich täuschtest – O Luise! Alle Wahrheit möchte dann mit diesem Hauch[811] aus der Schöpfung wandern, und die gute Sache ihren starren Hals von nun an zu einem höfischen Bückling[812] beugen! *Mit scheuem bebenden Ton.* Schriebst du diesen Brief?

LUISE. Bei Gott! Bei dem fürchterlich wahren! Ja!

FERDINAND *nach einer Pause, im Ausdruck des tiefsten Schmerzens.* Weib! Weib! – Das Gesicht, mit dem du jetzt vor mir stehst! – Teile mit diesem Gesicht Paradiese aus, du wirst selbst im Reich der Verdammnis keinen Käufer finden – Wußtest du, was du mir warest, Luise? Ohnmöglich! Nein! Du wußtest nicht, daß du mir alles warst! Alles! – Es ist ein armes, verächtliches Wort, aber die Ewigkeit hat Mühe, es zu umwandern, Weltsysteme vollenden ihre Bahnen darin – Alles! Und so frevelhaft damit zu spielen – O es ist schrecklich –

LUISE. Sie haben mein Geständnis, Herr von Walter. Ich habe mich selbst verdammt. Gehen Sie nun! Verlassen Sie ein Haus, wo Sie so unglücklich waren.

FERDINAND. Gut! gut! Ich bin ja ruhig – ruhig, sagt man ja, ist auch der schaudernde Strich[813] Landes, worüber die Pest ging – ich bins. *Nach einigem Nachdenken.* Noch eine

808 klügelnde: *klug tuende*

809 Witz: *Geist, Verstand*

810 Zufall ... entlarvt werden soll: sagt soviel wie *nichts ist Zufall*

811 Hauch: *Atemzug*

812 höfischen Bückling: einen Höfling, der gehorsam seine Verbeugungen macht

813 Strich Landes: *Streifen Landes* bzw. *Landstrich*

Bitte, Luise – die letzte! Mein Kopf brennt so fieberisch. Ich brauche Kühlung – Willst du mir ein Glas Limonade zurechtmachen? *Luise geht ab.*

Dritte Szene

Ferdinand und Miller. Beide gehen, ohne ein Wort zu reden, einige Pausen lang auf den entgegengesetzten Seiten des Zimmers auf und ab.

MILLER *bleibt endlich stehen und betrachtet den Major mit trauriger Miene.* Lieber Baron, kann es Ihren Gram[814] vielleicht mindern, wann[815] ich Ihnen gestehe, daß ich Sie herzlich bedaure?

FERDINAND. Laß Er es gut sein, Miller. *Wieder einige Schritte.* Miller, ich weiß nur kaum noch, wie ich in Sein Haus kam – Was war die Veranlassung?

MILLER. Wie, Herr Major? Sie wollten ja Lektion auf der Flöte[816] bei mir nehmen. Das wissen Sie nicht mehr?

FERDINAND *rasch. Ich sah Seine Tochter. Wiederum einige Pausen.* Er hat nicht Wort gehalten, Freund. Wir akkordierten[817] Ruhe für meine einsame Stunden. Er betrog mich und verkaufte mir Skorpionen[818]. *Da er Millers Bewegung sieht.* Nein! Erschrick nur nicht, alter Mann. *Gerührt an seinem Hals.* Du bist nicht schuldig.

MILLER *die Augen wischend.* Das weiß der allwissende Gott!

FERDINAND *aufs neue hin und her, in düstres Grübeln versunken.* Seltsam, o unbegreiflich seltsam spielt Gott mit uns. An dünnen, unmerkbaren Seilen hängen oft fürchterliche Gewichte – Wüßte der Mensch, daß er an diesem Apfel den Tod essen sollte – Hum! – wüßte er das? *Heftiger auf und nieder, dann Millers Hand mit starker Bewegung fassend.* Mann! ich bezahle dir dein bißchen Flöte zu teuer – – und du gewinnst nicht einmal – auch du verlierst – verlierst vielleicht alles. *Gepreßt von ihm weggehend.* Unglückseliges Flötenspiel, das mir nie hätte einfallen sollen.

MILLER *sucht seine Rührung zu verbergen.* Die Limonade bleibt auch gar zu lang außen[819]. Ich denke, ich sehe nach, wenn Sie mirs nicht für übel nehmen. –

FERDINAND. Es eilt nicht, lieber Miller *Vor sich hinmurmelnd.* zumal für den Vater nicht – Bleib Er nur – Was hatt ich doch fragen wollen? – Ja! – Ist Luise Seine einzige Tochter? Sonst hat Er keine Kinder mehr?

---

814 Gram: *Kummer*

815 wann: *wenn*

816 Lektion auf der Flöte: *Unterricht im Flötespielen*

817 akkordierten: aus dem Französ. für *vereinbarten*

818 Skorpionen: *giftige Stachel*

819 bleibt auch gar zu lang außen: *bleibt zu lang aus*

MILLER *warm.* Habe sonst keins mehr, Baron — wünsch mir auch keins mehr. Das Mädel ist just so recht, mein ganzes Vaterherz einzustecken — hab meine ganze Barschaft[820] von Liebe an der Tochter schon zugesetzt[821].

FERDINAND *heftig erschüttert.* Ha! — — Seh Er doch lieber nach dem Trank, guter Miller. *Miller geht ab.*

Vierte Szene

FERDINAND *allein.*

Das einzige Kind! — Fühlst du das, Mörder? Das einzige! Mörder! hörst du, das einzige? — Und der Mann hat auf der großen Welt Gottes nichts als sein Instrument und das einzige — Du willsts ihm rauben?

Rauben? — Rauben den letzten Notpfennig einem Bettler? Die Krücke zerbrochen vor die Füße werfen dem Lahmen? Wie? Hab ich auch Brust für das[822]? — — Und wenn er nun heimeilt und nicht erwarten kann, die ganze Summe seiner Freuden vom Gesicht dieser Tochter herunterzuzählen, und hereintritt, und sie daliegt, die Blume — welk — tot — zertreten, mutwillig die letzte, einzige, unüberschwengliche[823] Hoffnung — Ha! und er dasteht vor ihr, und dasteht, und ihm die ganze Natur den lebendigen Odem[824] anhält, und sein erstarrter Blick die entvölkerte Unendlichkeit fruchtlos durchwandert, Gott sucht, und Gott nicht mehr finden kann, und leerer zurückkommt — — Gott! Gott! aber auch mein Vater hat diesen einzigen Sohn — den einzigen Sohn, doch nicht den einzigen Reichtum — *Nach einer Pause.* Doch wie? was verliert er denn? Das Mädchen, dem die heiligsten Gefühle der Liebe nur Puppen[825] waren, wird es den Vater glücklich machen können? — Es wird nicht! Es wird nicht! Und ich verdiene noch Dank, daß ich die Natter[826] zertrete, ehe sie auch noch den Vater verwundet.

820 meine ganze Barschaft: *meinen ganzen Besitz*

821 zugesetzt: *ausgegeben*

822 Brust für das: *Herz dazu, Mut hierfür*

823 unüberschwengliche: *nicht zu toppende, nicht zu übertreffende*

824 Odem: *Atem*

825 Puppen: *einfaches Spielzeug*

826 die Natter: hier ist wieder Luise gemeint

Fünfte Szene

Miller, der zurückkommt, und Ferdinand.

MILLER. *Gleich sollen Sie bedient sein, Baron. Draußen sitzt das arme Ding und will sich zu Tode weinen. Sie wird Ihnen mit der Limonade auch Tränen zu trinken geben.*

FERDINAND. Und wohl, wenns nur Tränen wären! — — Weil wir vorhin von der Musik sprachen, Miller — *Eine Börse ziehend.* Ich bin noch Sein Schuldner.

MILLER. Wie? Was? Gehen Sie mir[827], Baron! Wofür halten Sie mich? Das steht ja in guter Hand, tun Sie mir doch den Schimpf[828] nicht an, und sind wir ja, wills Gott! nicht das letztemal beieinander.

FERDINAND. Wer kann das wissen? Nehm Er nur. Es ist für Leben und Sterben.

MILLER *lachend.* O deswegen, Baron! Auf den Fall, denk ich, kann mans wagen bei Ihnen.

FERDINAND. Man wagte wirklich — Hat Er nie gehört, daß Jünglinge gefallen sind — Mädchen und Jünglinge, die Kinder der Hoffnung, die Luftschlösser betrogener Väter — Was Wurm und Alter nicht tun, kann oft ein Donnerschlag[829] ausrichten — Auch Seine Luise ist nicht unsterblich.

MILLER. Ich hab sie von Gott.

FERDINAND. Hör Er — Ich sag Ihm, sie ist nicht unsterblich. Diese Tochter ist Sein Augapfel. Er hat sich mit Herz und Seel an diese Tochter gehängt. Sei Er vorsichtig, Miller. Nur ein verzweifelter Spieler setzt alles auf einen einzigen Wurf[830]. Einen Waghals nennt man den Kaufmann, der auf ein Schiff sein ganzes Vermögen ladet — Hör Er, denk Er der Warnung nach[831] — — Aber warum nimmt Er Sein Geld nicht?

MILLER. Was, Herr? Die ganze allmächtige Börse? Wohin denken Euer Gnaden?

FERDINAND. Auf meine Schuldigkeit — Da! *Er wirft den Beutel auf den Tisch, daß Goldstücke herausfallen.* Ich kann den Quark nicht eine Ewigkeit so halten.

MILLER *bestürzt.* Was, beim großen Gott? Das klang nicht wie Silbergeld! *Er tritt zum Tisch und ruft mit Entsetzen.* Wie um aller Himmel willen, Baron? Baron? Wo sind Sie? Was treiben Sie, Baron? Das nenn ich mir Zerstreuung[832]! *Mit zusammengeschlagenen Händen.* Hier liegt ja — oder bin ich verhext, oder — Gott verdamm mich! Da greif ich ja das bare, gelbe, leibhafte Gottesgold — — Nein, Satanas! Du sollst mich nicht daran kriegen!

FERDINAND. Hat Er Alten oder Neuen getrunken, Miller?

MILLER *grob.* Donner und Wetter! Da schauen Sie nur hin! — Gold!

FERDINAND. Und was nun weiter?

---

827 Gehen Sie mir: *Lassen Sie das*

828 Schimpf: *Beleidigung*

829 ein Donnerschlag: *das Unheil*

830 setzt alles auf einen einzigen Wurf: im Würfelspiel

831 denk Er der Warnung nach: *denk Er über die Warnung nach*

832 Zerstreuung: *Zerstreutheit.* Miller kann nicht glauben, dass Ferdinand das Ernst meint, da es sich um einen beträchtlichen Betrag handelt.

MILLER. Ins Henkers Namen – ich sage – ich bitte Sie um Gottes Christi willen – Gold!

FERDINAND. Das ist nun freilich etwas Merkwürdiges.

MILLER *nach einigem Stillschweigen zu ihm gehend, mit Empfindung.* Gnädiger Herr, ich bin ein schlichter, gerader[833] Mann, wenn Sie mich etwa zu einem Bubenstück[834] anspannen wollen – denn so viel Geld läßt sich, weiß Gott, nicht mit etwas Gutem verdienen.

FERDINAND *bewegt.* Sei Er ganz getrost, lieber Miller. Das Geld hat Er längst verdient, und Gott bewahre mich, daß ich mich mit Seinem guten Gewissen dafür bezahlt machen sollte.

MILLER *wie ein Halbnarr in die Höhe springend.* Mein also! Mein! Mit des guten Gottes Wissen und Willen, mein! *Nach der Türe laufend, schreiend.* Weib! Tochter! Viktoria[835]! Herbei! *Zurückkommend.* Aber du lieber Himmel! wie komm ich denn so auf einmal zu dem ganzen grausamen[836] Reichtum? Wie verdien ich ihn? Lohn ich ihn? Heh?

FERDINAND. Nicht mit Seinen Musikstunden, Miller – Mit dem Geld hier bezahl ich Ihm *Von Schauern ergriffen, hält er inne.* bezahl ich Ihm *Nach einer Pause mit Wehmut:* den drei Monat langen glücklichen Traum von Seiner Tochter.

MILLER *faßt seine Hand, die er stark drückt.* Gnädiger Herr! Wären Sie ein schlechter, geringer Bürgersmann – Rasch: und mein Mädel liebte Sie nicht – Erstechen wollt ichs, das Mädel. *Wieder beim Geld, darauf niedergeschlagen.* Aber da hab ich ja nun alles und Sie nichts, und da werd ich nun das ganze Gaudium[837] wieder herausblechen[838] müssen? Heh?

FERDINAND. Laß Er sich das nicht anfechten[839], Freund – Ich reise ab, und in dem Land, wo ich mich zu setzen gedenke, gelten die Stempel[840] nicht.

MILLER *unterdessen mit unverwandten Augen auf das Gold hingeheftet, voll Entzückung.* Bleibts also mein? Bleibts? – Aber das tut mir nur leid, daß Sie verreisen – Und wart, was[841] ich jetzt auftreten will! Wie ich die Backen jetzt vollnehmen will! *Er setzt den Hut auf und schießt[842] durch das Zimmer.* Und auf dem Markt will ich meine Musikstunden geben[843], und Numero fünfe Dreikönig[844] rauchen, und wenn ich wieder auf den Dreibatzenplatz[845] sitze, soll mich der Teufel holen. *Will fort.*

FERDINAND. Bleib Er! Schweig Er! und streich Er sein Geld ein. *Nachdrücklich.* Nur diesen Abend noch schweig Er, und geb Er, mir zu Gefallen, von nun an keine Musikstunden mehr.

---

833 gerader: *einfacher*

834 Bubenstück: *boshafte Handlung, Straftat*

835 Viktoria: lateinisch für *Sieg*, wurde als Siegesruf benutzt

836 grausamen: im Schwäbischen auch zur Steigerung verwendet, hier *ungeheueren*

837 Gaudium: lateinisch für *Freude*

838 herausblechen: im Schwäbischen für *zurückzahlen*

839 das nicht anfechten: *davon nicht bekümmern.* Er soll sich keine Sorgen machen.

840 die Stempel: *die Goldmünzen*

841 was: *wie*

842 schießt: *eilt*

843 auf dem Markt will ich meine Musikstunden geben: er meint damit *umsonst, gratis*

844 Numero fünfe Dreikönig: eine gute Tabaksorte

845 Dreibatzenplatz: *der billigste Platz im Theater*

MILLER *noch hitziger und ihn hart an der Weste fassend, voll inniger Freude.* Und Herr! meine Tochter! *Ihn wieder loslassend.* Geld macht den Mann nicht – Geld nicht – Ich habe Kartoffeln gegessen oder ein wildes Huhn; satt ist satt, und dieser Rock da ist ewig gut, wenn Gottes liebe Sonne nicht durch den Ärmel scheint – Für mich ist das Plunder[846] – Aber dem Mädel soll der Segen bekommen, was ich ihr nur an den Augen absehen kann, soll sie haben –

FERDINAND *fällt rasch ein.* Stille, o stille –

MILLER *immer feuriger.* Und soll mir Französisch lernen aus dem Fundament[847], und Menuettanzen[848] und Singen, daß mans in den Zeitungen lesen soll; und eine Haube soll sie tragen wie die Hofratstöchter und einen Kidebarri[849], wie sies heißen, und von der Geigerstochter soll man reden auf vier Meilen weit –

FERDINAND *ergreift seine Hand mit der schrecklichsten Bewegung.* Nichts mehr! Nichts mehr! Um Gottes willen, schweig Er still! Nur noch heute schweig Er still, das sei der einzige Dank, den ich von Ihm fordre!

Sechste Szene

Luise mit der Limonade und die Vorigen.

LUISE *mit rotgeweinten Augen und zitternder Stimme, indem sie dem Major das Glas auf einem Teller bringt.* Sie befehlen, wenn sie nicht stark genug ist?

FERDINAND *nimmt das Glas, setzt es nieder und dreht sich rasch gegen Millern.* O beinahe hätt ich das vergessen! – Darf ich Ihn um etwas bitten, lieber Miller? Will Er mir einen kleinen Gefallen tun?

MILLER. Tausend für einen! Was befehlen – –

FERDINAND. Man wird mich bei der Tafel erwarten. Zum Unglück hab ich eine sehr böse Laune[850]. Es ist mir ganz unmöglich, unter Menschen zu gehn – Will Er einen Gang tun zu meinem Vater und mich entschuldigen?

LUISE *erschrickt und fällt schnell ein.* Den Gang kann ja ich tun.

MILLER. Zum Präsidenten?

846 Plunder: *wertloses Zeug*

847 aus dem Fundament: *von den Grundlagen auf*

848 Menuettanzen: *Menuett* ist ein Geselschaftstanz

849 Kidebarri: In schwäbischer Mundart aus dem Französ. entstellt das *Cul de Paris*, ein Kissen, das am Rücken unter dem Rock getragen wurde, um den Rock aufzubauschen.

850 böse Laune: er ist *nicht dazu aufgelegt*

FERDINAND. Nicht zu ihm selbst. Er übergibt Seinen Auftrag in der Garderobe einem Kammerdiener – Zu Seiner Legitimation[851] ist hier meine Uhr – Ich bin noch da, wenn Er wiederkommt. – Er wartet auf Antwort.

LUISE *sehr ängstlich.* Kann denn ich das nicht auch besorgen?

FERDINAND *zu Millern, der eben fort will.* Halt, und noch etwas! Hier ist ein Brief an meinen Vater, der diesen Abend an mich eingeschlossen kam[852] – Vielleicht dringende Geschäfte – Es geht in einer Bestellung hin –

MILLER. Schon gut, Baron!

LUISE *hängt sich an ihn, in der entsetzlichsten Bangigkeit.* Aber mein Vater, dies alles könnt ich ja recht gut besorgen.

MILLER. Du bist allein, und es ist finstre Nacht, meine Tochter. *Ab.*

FERDINAND. Leuchte deinem Vater, Luise. *Währenddem, daß sie Millern mit dem Licht begleitet, tritt er zum Tisch und wirft Gift in ein Glas Limonade.* Ja! Sie soll dran! Sie soll! Die obern Mächte nicken mir ihr schreckliches Ja herunter, die Rache des Himmels unterschreibt, ihr guter Engel läßt sie fahren[853] –

Siebente Szene

Ferdinand und Luise. Sie kommt langsam mit dem Lichte zurück, setzt es nieder und stellt sich auf die entgegengesetzte Seite vom Major, das Gesicht auf den Boden geschlagen[854] und nur zuweilen furchtsam und verstohlen nach ihm herüberschielend. Er steht auf der andern Seite und sieht starr vor sich hinaus[855]. Großes Stillschweigen, das diesen Auftritt ankündigen muß.

LUISE. Wollen Sie mich akkompagnieren[856], Herr von Walter, so mach ich einen Gang auf dem Fortepiano[857]. *Sie öffnet den Pantalon.*

Ferdinand gibt ihr keine Antwort. Pause.

LUISE. Sie sind mir auch noch Revanche[858] auf dem Schachbrett schuldig. Wollen wir eine Partie, Herr von Walter?

Eine neue Pause.

---

851 Zu Seiner Legitimation: *Zu seiner Beglaubigung*

852 an mich eingeschlossen kam: war in einem Brief an Ferdinand *beigefügt*

853 fahren: *gehen*

854 auf den Boden geschlagen: *dem Boden zugewendet*

855 vor sich hinaus: *vor sich her*

856 akkompagnieren: *begleiten* (auf der Flöte)

857 so mach ich einen Gang auf dem Fortepiano: *so spiele ich ein Stück auf dem Klavier*

858 Revanche: *ein Rückspiel*

LUISE. Herr von Walter, die Brieftasche, die ich Ihnen einmal zu sticken versprochen – Ich habe sie angefangen – Wollen Sie das Dessin[859] nicht besehen?

Wieder eine Pause.

LUISE. O ich bin sehr elend[860]!
FERDINAND *in der bisherigen Stellung.* Das könnte wahr sein.
LUISE. Meine Schuld ist es nicht, Herr von Walter, daß Sie so schlecht unterhalten werden.
FERDINAND *lacht beleidigend vor sich hin.* Denn was kannst du für meine blöde[861] Bescheidenheit?
LUISE. Ich hab es ja wohl gewußt, daß wir jetzt nicht zusammen taugen. Ich erschrak auch gleich, ich bekenne es, als Sie meinen Vater verschickten[862] – Herr von Walter, ich vermute, dieser Augenblick wird uns beiden gleich unerträglich sein – Wenn Sie mirs erlauben wollen, so geh ich und bitte einige von meinen Bekannten her.
FERDINAND. O ja doch, das tu. Ich will auch gleich gehn und von den meinigen bitten.
LUISE *sieht ihn stutzend an.* Herr von Walter?
FERDINAND *sehr hämisch.* Bei meiner Ehre! der gescheiteste Einfall, den ein Mensch in dieser Lage nur haben kann. Wir machen aus diesem verdrüßlichen[863] Duett eine Lustbarkeit, und rächen uns mit Hilfe gewisser Galanterien[864] an den Grillen[865] der Liebe.
LUISE. Sie sind aufgeräumt[866], Herr von Walter?
FERDINAND. Ganz außerordentlich, um die Knaben auf dem Markt hinter mir her zu jagen! Nein! in Wahrheit, Luise. Dein Beispiel bekehrt mich – Du sollst meine Lehrerin sein. Toren sinds, die von ewiger Liebe schwatzen, ewiges Einerlei widersteht, Veränderung nur ist das Salz des Vergnügens – Topp[867], Luise! Ich bin dabei – Wir hüpfen von Roman zu Romane, wälzen uns von Schlamme zu Schlamm – Du dahin – Ich dorthin – Vielleicht, daß meine verlorene Ruhe sich in einem Bordell wiederfinden läßt – Vielleicht, daß wir dann nach dem lustigen Wettlauf, zwei modernde Gerippe, mit der angenehmsten Überraschung von der Welt zum zweitenmal aufeinanderstoßen, daß wir uns da an dem gemeinschaftlichen Familienzug[868], den kein Kind dieser Mutter[869] verleugnet, wie in Komödien wiedererkennen, daß Ekel und Scham noch eine Harmonie veranstalten, die der zärtlichsten Liebe unmöglich gewesen ist.
LUISE. O Jüngling! Jüngling! Unglücklich bist du schon, willst du es auch noch verdienen?

---

859 das Dessin: *Muster, Stickmuster*

860 ich bin sehr elend: *ich fühle mich elend*

861 blöde: im Schwäbischen für *schüchtern, zurückhaltend*

862 verschickten: *fortschickten*

863 verdrüßlichen: *verdrießlichen*

864 Galanterien: *Liebeshändel*

865 Grillen: *Launen*

866 aufgeräumt: *guter Laune*

867 Topp: *abgemacht*

868 gemeinschaftlichen Familienzug: ironische Andeutung einer Geschlechtskrankheit, nachdem beide im „Wettlauf" von Liebesabenteuer zu Liebesabenteuer gerannt sind.

869 Kind dieser Mutter: *Kind dieses Lebenswandels*

FERDINAND *ergrimmt durch die Zähne murmelnd.* Unglücklich bin ich? Wer hat dir das gesagt? Weib, du bist zu schlecht, um selbst zu empfinden – womit kannst du eines andern Enpfindungen wägen? – Unglücklich, sagte sie? – Ha! dieses Wort könnte meine Wut aus dem Grabe rufen! – Unglücklich mußt ich werden, das wußte sie. Tod und Verdammnis! das wußte sie und hat mich dennoch verraten – Siehe, Schlange! Das war der einzige Fleck der Vergebung[870] – Deine Aussage bricht dir den Hals – Bis jetzt konnt ich deinen Frevel mit deiner Einfalt beschönigen, in meiner Verachtung wärst du beinahe meiner Rache entsprungen. *Indem er hastig das Glas ergreift.* Also leichtsinnig warst du nicht – dumm warst du nicht – du warst nur ein Teufel. *Er trinkt.* Die Limonade ist matt[871] wie deine Seele – Versuche!

LUISE. O Himmel! Nicht umsonst hab ich diesen Auftritt gefürchtet.

FERDINAND *gebieterisch.* Versuche!

Luise nimmt das Glas etwas unwillig und trinkt.

Ferdinand wendet sich, sobald sie das Glas an den Mund setzt, mit einer plötzlichen Erblassung weg und eilt nach dem hintersten Winkel des Zimmers.

LUISE. Die Limonade ist gut.

FERDINAND *ohne sich umzukehren, von Schauer geschüttelt.* Wohl bekomms!

LUISE *nachdem sie es niedergesetzt.* O wenn Sie wüßten, Walter, wie ungeheuer Sie meine Seele beleidigen.

FERDINAND. Hum!

LUISE. Es wird eine Zeit kommen, Walter –

FERDINAND *wieder vorwärts kommend.* O! mit der Zeit wären wir fertig.

LUISE. Wo der heutige Abend schwer auf Ihr Herz fallen dürfte –

FERDINAND *fängt an stärker zu gehen und beunruhigter zu werden, indem er Schärpe[872] und Degen von sich wirft.* Gute Nacht, Herrendienst!

LUISE. Mein Gott! Wie wird Ihnen?

FERDINAND. Heiß und enge – Will mirs bequemer machen.

LUISE. Trinken Sie! Trinken Sie! Der Trank wird Sie kühlen.

FERDINAND. Das wird er auch ganz gewiß – Die Metze ist gutherzig, doch! das sind alle!

LUISE *mit dem vollen Ausdruck der Liebe ihm in die Arme eilend.* Das deiner Luise, Ferdinand?

FERDINAND *drückt sie von sich.* Fort! Fort! Diese sanfte, schmelzende[873] Augen weg! Ich erliege[874]. Komm in deiner ungeheuren Furchtbarkeit, Schlange, spring an mir auf, Wurm – krame[875] vor mir deine gräßliche Knoten[876] aus, bäume deine Wirbel zum Him-

870 einzige Fleck der Vergebung: *einzige Möglichkeit zur Vergebung*

871 matt: im Schwäbischen für *schwach, abgestanden*

872 Schärpe: ein Dienstemblem von Offizieren, die einen Stoffstreifen gekreuzt über der Brust trugen.

873 schmelzende: *schmachtende*

874 erliege: *unterliege*

875 krame ... aus: im Schwäbischen für *packe aus*

876 gräßliche Knoten: gemeint sind die Verschlingungen eines Schlangenkörpers im bildhaften Sinne

mel — So abscheulich, als dich[877] jemals der Abgrund sah — Nur keinen Engel mehr — Nur jetzt keinen Engel mehr — es ist zu spät — Ich muß dich zertreten wie eine Natter, oder verzweifeln — Erbarme dich!

LUISE. O! Daß es so weit kommen mußte!

FERDINAND *sie von der Seite betrachtend.* Dieses schöne Werk des himmlischen Bildners[878] — Wer kann das glauben? — Wer sollte das glauben? *Ihre Hand fassend und emporhaltend.* Ich will dich nicht zur Rede stellen, Gott Schöpfer — aber warum denn dein Gift in so schönen Gefäßen? — — Kann das Laster in diesem milden Himmel, strich fortkommen? — O es ist seltsam.

LUISE. Das anzuhören und schweigen zu müssen!

FERDINAND. Und die süße, melodische Stimme — Wie kann so viel Wohlklang kommen aus zerrissenen Saiten? *Mit trunkenem Aug auf ihrem Anblick verweilend.* Alles so schön — so voll Ebenmaß — so göttlich vollkommen! — Überall das Werk seiner himmlischen Schäferstunde[879]! Bei Gott! als wäre die große Welt nur entstanden, den Schöpfer für dieses Meisterstück in Laune zu setzen[880]! — — Und nur in der Seele sollte Gott sich vergriffen haben? Ist es möglich, daß diese empörende Mißgeburt in die Natur ohne Tadel kam? *Indem er sie schnell verläßt.* Oder sah er einen Engel unter dem Meißel[881] hervorgehen, und half diesem Irrtum in der Eile mit einem desto schlechteren Herzen ab?

LUISE. O des frevelhaften Eigensinns! Ehe er sich eine Übereilung[882] gestände, greift er lieber den Himmel an.

FERDINAND *stürzt ihr heftig weinend an den Hals.* Noch einmal, Luise — Noch einmal, wie am Tag unsers ersten Kusses, da du Ferdinand stammeltest und das erste Du auf deine brennende Lippen trat — O eine Saat unendlicher, unaussprechlicher Freuden schien in dem Augenblick wie in der Knospe zu liegen — Da lag die Ewigkeit wie ein schöner Maitag vor unsern Augen; goldne Jahrtausende hüpften[883] wie Bräute vor unsrer Seele vorbei — — Da war ich der Glückliche! — O Luise! Luise! Luise! Warum hast du mir das getan?

LUISE. Weinen Sie, weinen Sie, Walter. Ihre Wehmut wird gerechter gegen mich sein als Ihre Entrüstung.

FERDINAND. Du betrügst dich. Das sind ihre Tränen nicht — Nicht jener warme, wollüstige Tau, der in die Wunde der Seele balsamisch[884] fließt, und das starre Rad der Empfindung wieder in Gang bringt. Es sind einzelne — kalte Tropfen — das schauerliche ewige Lebewohl meiner Liebe. *Furchtbar-feierlich, indem er die Hand auf ihren Kopf sinken läßt.* Tränen um deine Seele, Luise — Tränen um die Gottheit, die ihres unendlichen Wohlwollens hier verfehlte, die so mutwillig um das herrlichste ihrer Werke kommt — O mich

877 als dich: *wie dich*

878 himmlischen Bildners: Gott, der den Menschen nach seinem Ebenbild schuf

879 Schäferstunde: die Liebesstunde des Hirten mit der Hirtin hier bildhaft zu nehmen

880 in Laune zu setzen: *zu vergnügen*

881 Meißel: Schiller verwendet weiter das Bild von Gott als Bildhauer und Schöpfer der Menschen.

882 Übereilung: *Anmaßung*

883 hüpften: *sprangen*

884 balsamisch: *wie ein Balsam, Heilmittel*

deucht, die ganze Schöpfung sollte den Flor anlegen[885] und über das Beispiel betreten sein, das in ihrer Mitte geschieht – Es ist was Gemeines, daß Menschen fallen und Paradiese verloren werden; aber wenn die Pest unter Engel wütet, so rufe man Trauer aus durch die ganze Natur.

LUISE. Treiben Sie mich nicht aufs Äußerste, Walter. Ich habe Seelenstärke so gut wie eine – aber sie muß auf eine menschliche Probe kommen. Walter, das Wort noch, und dann geschieden – – Ein entsetzliches Schicksal hat die Sprache unsrer Herzen verwirrt. Dürft ich den Mund auftun, Walter, ich könnte dir Dinge sagen – ich könnte – – aber das harte Verhängnis band meine Zunge[886] wie meine Liebe, und dulden muß ichs, wenn du mich wie eine gemeine Metze mißhandelst.

FERDINAND. Fühlst du dich wohl, Luise?

LUISE. Wozu diese Frage?

FERDINAND. Sonst sollte mirs leid um dich tun, wenn du mit dieser Lüge von hinnen müßtest[887].

LUISE. Ich beschwöre Sie, Walter –

FERDINAND *unter heftigen Bewegungen.* Nein! Nein! zu satanisch wäre diese Rache! Nein, Gott bewahre mich! in jene Welt hinaus will ichs nicht treiben – Luise! Hast du den Marschall geliebt? Du wirst nicht mehr aus diesem Zimmer gehen.

LUISE. Fragen Sie, was Sie wollen. Ich antworte nichts mehr. *Sie setzt sich nieder.*

FERDINAND *ernster.* Sorge für deine unsterbliche Seele, Luise! Hast du den Marschall geliebt? Du wirst nicht mehr aus diesem Zimmer gehen.

LUISE. Ich antworte nichts mehr.

FERDINAND *fällt in fürchterlicher Bewegung vor ihr nieder.* Luise! Hast du den Marschall geliebt? Ehe dieses Licht noch ausbrennt – stehst du – vor Gott!

LUISE *fährt erschrocken in die Höhe.* Jesus! Was ist das? – – – und mir wird sehr übel. *Sie sinkt auf den Sessel zurück.*

FERDINAND. Schon? – Über euch Weiber und das ewige Rätsel! Die zärtliche Nerve[888] hält Freveln fest, die die Menschheit an ihren Wurzeln zernagen; ein elender Gran Arsenik[889] wirft sie um –

LUISE. Gift! Gift! O mein Herrgott!

FERDINAND. So fürcht ich. Deine Limonade war in der Hölle gewürzt. Du hast sie dem Tod zugetrunken.

LUISE. Sterben! Sterben! Gott allbarmherziger! Gift in der Limonade und sterben! – O meiner Seele erbarme dich, Gott der Erbarmer!

FERDINAND. Das ist die Hauptsache. Ich bitt ihn auch darum.

LUISE. Und meine Mutter – mein Vater – Heiland der Welt! mein armer, verlorener Vater! Ist keine Rettung mehr? Mein junges Leben und keine Rettung! und muß ich jetzt schon dahin?

---

885 Flor anlegen: *Trauerflor anlegen*

886 harte Verhängnis band meine Zunge: der Schwur, den sie vor Wurm leisten musste

887 von hinnen müßtest: *fortgehen müsstest*

888 zärtliche Nerve: *zarten Nerven*

889 ein elender Gran Arsenik: *ein winziger Tropfen Arsen*

FERDINAND. Keine Rettung, mußt jetzt schon dahin — aber sei ruhig. Wir machen die Reise zusammen.

LUISE. Ferdinand, auch du! Gift, Ferdinand! Von dir? O Gott, vergiß es ihm[890] — Gott der Gnade, nimm die Sünde von ihm —

FERDINAND. Sieh du nach deinen Rechnungen — Ich fürchte, sie stehen übel.

LUISE. Ferdinand! Ferdinand! — O — Nun kann ich nicht mehr schweigen — der Tod — der Tod hebt alle Eide auf — Ferdinand — Himmel und Erde hat nichts Unglückseligers als dich — Ich sterbe unschuldig, Ferdinand.

FERDINAND *erschrocken.* Was sagt sie da? — Eine Lüge pflegt man doch sonst nicht auf diese Reise zu nehmen?

LUISE. Ich lüge nicht — lüge nicht — hab nur einmal gelogen mein Leben lang — Hu! Wie das eiskalt durch meine Adern schauert — — als ich den Brief schrieb an den Hofmarschall —

FERDINAND. Ha! dieser Brief! — Gottlob! jetzt hab ich all meine Mannheit[891] wieder.

LUISE *ihre Zunge wird schwerer, ihre Finger fangen an gichterisch[892] zu zucken.* Dieser Brief — Fasse dich, ein entsetzliches Wort zu hören — Meine Hand schrieb, was mein Herz verdammte — dein Vater hat ihn diktiert.

Ferdinand starr und einer Bildsäule[893] gleich, in langer toter[894] Pause hingewurzelt[895], fällt endlich wie von einem Donnerschlag nieder.

LUISE. O des kläglichen Mißverstands[896] — Ferdinand — Man zwang mich — vergib — deine Luise hätte den Tod vorgezogen — aber mein Vater — die Gefahr — sie machten es listig.

FERDINAND *schrecklich emporgeworfen[897].* Gelobet sei Gott! Noch spür ich den Gift[898] nicht. *Er reißt den Degen heraus.*

LUISE *von Schwäche zu Schwäche sinkend.* Weh! Was beginnst du? Es ist dein Vater —

FERDINAND *im Ausdruck der unbändigsten Wut.* Mörder und Mördervater! — Mit muß er, daß der Richter der Welt nur gegen den Schuldigen rase. *Will hinaus.*

LUISE. Sterbend vergab mein Erlöser — Heil über dich und ihn. *Sie stirbt.*

FERDINAND *kehrt schnell um, wird ihre letzte, sterbende Bewegung gewahr und fällt in Schmerz aufgelöst vor der Toten nieder.* Halt! Halt! Entspringe mir nicht, Engel des Himmels! *Erfaßt ihre Hand an und läßt sie schnell wieder fallen.* Kalt, kalt und feucht! Ihre Seele ist dahin. *Er springt wieder auf.* Gott meiner Luise! Gnade, Gnade dem verruchtesten der Mörder! Es war ihr letztes Gebet! — — Wie reizend und schön auch im Leichnam! Der gerührte Würger ging schonend über diese freundliche Wangen hin — Diese Sanft-

890 vergiß es ihm: *vergib es ihm*

891 Mannheit: *Männlichkeit*

892 gichterisch: *krampfhaft*

893 Bildsäule: *Statue*

894 toter: toten*stiller*

895 hingewurzelt: *festgewurzelt*

896 kläglichen Mißverstands: *klägliches Missverständnis*

897 emporgeworfen: *aufgerichtet*

898 den Gift: *das Gift*

mut war keine Larve – sie hat auch dem Tod standgehalten. *Nach einer Pause.* Aber wie? Warum fühl ich nichts? Will die Kraft meiner Jugend mich retten? Undankbare Mühe! Das ist meine Meinung nicht[899]. *Er greift nach dem Glase.*

Letzte Szene

Ferdinand. Der Präsident. Wurm und Bediente, welche alle voll Schrecken ins Zimmer stürzen; darauf Miller mit Volk und Gerichtsdienern, welche sich im Hintergrund sammeln.

PRÄSIDENT *den Brief[900] in der Hand.* Sohn, was ist das? – Ich will doch nimmermehr glauben –

FERDINAND *wirft ihm das Glas vor die Füße.* So sieh, Mörder!

PRÄSIDENT *taumelt hinter sich. Alle erstarren. Eine schröckhafte[901] Pause.* Mein Sohn! Warum hast du mir das getan[902]?

FERDINAND *ohne ihn anzusehen.* O ja freilich! Ich hätte den Staatsmann erst hören sollen, ob der Streich[903] auch zu seinen Karten passe? – Fein und bewundernswert, ich gestehs, war die Finte[904], den Bund unsrer Herzen zu zerreißen durch Eifersucht – Die Rechnung hatte ein Meister gemacht, aber schade nur, daß die zürnende Liebe dem Draht nicht so gehorsam blieb wie deine hölzerne Puppe[905].

PRÄSIDENT *sucht mit verdrehten Augen im ganzen Kreis herum.* Ist hier niemand, der um einen trostlosen Vater weinte?

MILLER *hinter der Szene rufend.* Laßt mich hinein! Um Gottes willen! Laßt mich!

FERDINAND. Das Mädchen ist eine Heilige – für sie muß ein anderer rechten[906]. *Er öffnet Millern die Türe, der mit Volk und Gerichtsdienern hereinstürzt.*

MILLER *in der fürchterlichsten Angst.* Mein Kind! Mein Kind! – Gift – Gift, schreit man, sei hier genommen worden – Meine Tochter! Wo bist du?

FERDINAND *führt ihn zwischen den Präsidenten und Luisens Leiche.* Ich bin unschuldig – Danke diesem hier.

MILLER *fällt an ihr zu Boden.* O Jesus!

---

899 Das ist meine Meinung nicht: *Das will ich nicht.*

900 den Brief: der *Abschiedsbrief*, mit dem Ferdinand den unwissenden Miller zum Präsidenten schickte

901 schröckhafte: *schreckliche*

902 getan: *angetan*

903 Streich: *Zug, Spielzug*

904 Finte: *Täuschung, List*

905 hölzerne Puppe: gemeint ist der Hofmarschall

906 rechten: *eintreten*

FERDINAND. In wenig Worten, Vater – sie fangen an, mir kostbar zu werden – Ich bin bübisch[907] um mein Leben bestohlen, bestohlen durch Sie. Wie ich mit Gott stehe, zittre ich – doch ein Bösewicht bin ich niemals gewesen. Mein ewiges Los falle, wie es will – auf Sie fall es nicht – Aber ich hab einen Mord begangen *Mit furchtbar erhobener Stimme.* einen Mord, den du mir nicht zumuten wirst, allein vor den Richter der Welt hinzuschleppen, feierlich wälz ich dir hier die größte, gräßlichste Hälfte zu, wie du damit zurechtkommen magst, siehe du selber! *Ihn zu Luisen hinführend.* Hier, Barbar! Weide dich an der entsetzlichen Frucht deines Witzes[908], auf dieses Gesicht ist mit Verzerrungen dein Name geschrieben, und die Würgengel[909] werden ihn lesen – Eine Gestalt wie diese ziehe den Vorhang von deinem Bette, wenn du schläfst, und gebe dir ihre eiskalte Hand – Eine Gestalt wie diese stehe vor deiner Seele, wenn du stirbst, und dränge dein letztes Gebet weg. – Eine Gestalt wie diese stehe auf deinem Grabe, wenn du auferstehst und – neben Gott, wenn er dich richtet. *Er wird ohnmächtig, Bediente halten ihn.*

PRÄSIDENT *eine schreckliche Bewegung des Arms gegen den Himmel.* Von mir nicht, von mir nicht, Richter der Welt, fodre diese Seelen von diesem! *Er geht auf Wurm zu.*

WURM *auffahrend.* Von mir?

PRÄSIDENT. Verfluchter, von dir! Von dir, Satan! – Du, du gabst den Schlangenrat[910] – Über dich die Verantwortung – Ich wasche die Hände.

WURM. Über mich? *Er fängt gräßlich an zu lachen.* Lustig! Lustig! So weiß ich doch nun auch, auf was Art[911] sich die Teufel danken. – Über mich, dummer Bösewicht? War es mein Sohn? War ich sein Gebieter? – Über mich die Verantwortung? Ha! bei diesem Anblick, der alles Mark in meinen Gebeinen erkältet! Über mich soll sie kommen! – Jetzt will ich verloren sein, aber du sollst es mit mir sein – Auf! Auf! Ruft Mord durch die Gassen! Weckt die Justiz auf! Gerichtsdiener, bindet mich! Führt mich von hinnen[912]! Ich will Geheimnisse aufdecken, daß denen, die sie hören, die Haut schauern soll. *Will gehn.*

PRÄSIDENT *hält ihn.* Du wirst doch nicht, Rasender?

WURM *klopft ihn auf die Schultern.* Ich werde, Kamerad! Ich werde – Rasend bin ich, das ist wahr – das ist dein Werk – so will ich auch jetzt handeln wie ein Rasender – Arm in Arm mit dir zum Blutgerüst[913]! Arm in Arm mit dir zur Hölle! Es soll mich kitzeln, Bube, mit dir verdammt zu sein! *Er wird abgeführt.*

MILLER *der die ganze Zeit über, den Kopf in Luisens Schoß gesunken, in stummem Schmerze gelegen hat, steht schnell auf und wirft dem Major die Börse vor die Füße.* Giftmischer! Behalt dein verfluchtes Gold! – Wolltest du mir mein Kind damit abkaufen? *Er stürzt aus dem Zimmer.*

---

907 bübisch: *spitzbübig, boshaft*

908 Witzes: *Verstandes*

909 Würgengel: *Todesengel*

910 Schlangenrat: *Rat der Schlange*, eine Anspielung auf die Versuchung Evas durch die Schlange (vgl. 1. Buch Mose 3).

911 auf was Art: *auf welche Art*

912 von hinnen: *von hier*

913 Blutgerüst: *Gerüst, Erhöhung der Hinrichtungsstätte*

FERDINAND *mit brechender Stimme.* Geht ihm nach! Er verzweifelt – Das Geld hier soll man ihm retten – Es ist meine fürchterliche Erkenntlichkeit. Luise – Luise – Ich komme – – Lebt wohl – – Laßt mich an diesem Altar verscheiden –

PRÄSIDENT *aus einer dumpfen Betäubung[914], zu seinem Sohn.* Sohn Ferdinand! Soll kein Blick mehr auf einen zerschmetterten Vater fallen? *Der Major wird neben Luisen niedergelassen.*

FERDINAND. Gott dem Erbarmenden gehört dieser letzte.

PRÄSIDENT *in der schrecklichsten Qual vor ihm niederfallend.* Geschöpf und Schöpfer[915] verlassen mich – Soll kein Blick mehr zu meiner letzten Erquickung fallen?

Ferdinand reicht ihm seine sterbende Hand.

PRÄSIDENT *steht schnell auf.* Er vergab mir! *Zu den andern.* Jetzt euer Gefangener!

Er geht ab, Gerichtsdiener folgen ihm, der Vorhang fällt.

---

914 Betäubung: *Benommenheit*

915 Geschöpf und Schöpfer: *Mensch und Gott*

Kurzbiographie

Friedrich Schiller wurde 1759 in Marbach am Neckar geboren. Sein Vater Johann Caspar Schiller (1723–1796) war Werbeoffizier und Wundarzt, seine Mutter Elisabeth Dorothea (1732–1802) die Tochter eines Marbacher Gastwirts.

1763 siedelte die Familie nach Lorch über, als sein Vater eine Anstellung als Werbeoffizier erhielt. 1766 zog die Familie nach der Versetzung des Vaters nach Ludwigsburg um, wo Schiller die Lateinschule besuchte. Sein Berufswunsch war Theologe – ein Berufswunsch, der von seiner Familie unterstützt wurde, aber unerfüllt blieb. Bereits frühzeitig interessierte Schiller das dramatische Fach. Mit dreizehn verfasste er scheinbar seine ersten Theaterstücke »Absalon« und »Die Christen«, die aber nicht erhalten blieben.

Auf Befehl von Herzog Carl Eugen von Württemberg trat Schiller im Alter von 14 Jahren gegen seinen Willen und den seiner Familie in die Hohe Karlsschule in Stuttgart ein, wo er die Rechtswissenschaften studierte. Die Karlsschule ist eine vom Herzog gegründete militärische Pflanzschule. An der Schule herrschte ein starker Drill mit hartem Reglement, gegen dessen Verstoß empfindliche Strafen ausgesprochen wurden. 1775 wurde die Schule in das *Schloss Solitude* in die Innenstadt Stuttgarts verlegt. Im gleichen Jahr wechselte Schiller das Studienfach, weil der sensible Junge unter den Verhältnissen an der Schule litt und nur mäßige Leistungen aufwies, und begann das Studium der Medizin. An der *Solitude* kommt Schiller auch mit verschiedenen Werken des Sturm und Drangs, insbesondere Goethe, und von Lessing, Rousseau und Shakespeare in Berührung. Auch mit den Gedichten Klopstocks beschäftigte er sich.

Sein Medizinstudium schloss Schiller 1779 mit dem Examen ab und erhielt 1780 nach Verlassen der Militärakademie im Alter von 21 Jahren eine schlecht bezahlte Anstellung als Regimentsarzt. Bereits 1776/77 hatte er mit der Arbeit an »Die Räuber« begonnen, die er heimlich weiterführte, wobei er sich teils krank stellte, um die Arbeit voranzutreiben. 1781 vollendete er das Drama und ließ es noch im selben Jahr anonym auf eigene Kosten drucken, wobei er erste Schulden auf sich nahm. Am 13. Januar 1782 bekam die Öffentlichkeit erstmals Schillers Erstlingswerk im Mannheimer Hoftheater zu sehen, das damals eines der renommiertesten Theater war. Das Stück feierte einen überwältigenden Erfolg und machte Schiller quasi über Nacht bekannt.

Um an der Uraufführung teilzunehmen, entfernte sich Schiller unerlaubt von seinem Regiment. Als sich Schiller im Mai 1782 ein weiteres Mal von seiner Truppe entfernte, ließ Herzog Carl Eugen seinen Untertanen 14 Tage lang ins Gefängnis sperren und untersagte ihm zudem jegliche schriftstellerische Betätigung, insbesondere Komödien »und dergleichen Zeugs«. Nur das Verfassen von medizinischen Schriften wurde ihm noch erlaubt.

Derart seiner Freiheit beraubt, entschloss sich Schiller zur Flucht, die er in der Nacht zum 23. November 1782 gemeinsam mit seinem Freund Andreas Streicher antrat. Somit drohten ihm Festungshaft und Degradierung. Er gelangte über Frankfurt und Mannheim nach Oggersheim, wo er sich incognito in einem Gasthof einmietete. Auf der Flucht begann er mit den Arbeiten an *Kabale und Liebe*, das Schiller zunächst mit *Luise Millerin* betitelte. Seine finanziellen Probleme blieben weiter problematisch. Im Dezember 1782 folgte er der Einladung von Henriette von Wolzogen nach Bauerbach in Thüringen. Die Mutter seines Schulkameraden Wilhelm von Wolzogen bot ihm Asyl. Hier freundete sich Schiller, der aus Vorsicht nun den Namen Dr. Ritter trug, mit dem Bibliothekar Wilhelm Reinwald aus Meiningen an, der ihn auch mit Literatur versorgte. In der Ruhe des abgeschiedenen Ortes vollendete Schiller *Kabale und Liebe* und begann die Arbeiten an *Don Carlos.* Im Juli 1783 kehrte Schiller nach Mannheim zurück, wo ihm im September gleichen Jahres der Theaterintendant Heribert von Dalberg eine Anstellung als Theaterdichter gab, die er bis 1785 behielt. Doch noch 1783 erkrankte Schiller an einer Malaria, die ihn für längere Zeit die Arbeit erschwerte. Vermutlich hat er sich hiervon nie wirklich auskuriert. 1784 wurden seine Stücke *Die Verschwörung des Fiesco zu Genua* sowie *Kabale und Liebe* uraufgeführt. Nach einer Lesung eines Teils aus seinem *Don Carlos* am Hof in Darmstadt, der auch Herzog Carl August von Sachsen- Weimar beiwohnte, verlieh ihm dieser den Titel des Weimarischen Rates.

Als nach Beendigung seines Engagements sein Vertrag am Mannheimer Theater nicht verlängert wird, drohte dem hochverschuldeten Schiller der Schuldenturm. Aus dieser Notlage kam unverhofft Rettung, als ihn Christian Gottfried Körner nach Leipzig einlud und aus der Notlage verhalf. Auf Körners Bitte hin verfasste Schiller in Leipzig-Gohlis die »Ode an die Freude«, die durch die Vertonung Beethovens weltberühmt wurde. Im Herbst 1785 folgte Schiller Körner, mit dem er eine lebenslange innige Freundschaft pflegte, nach Dresden-Loschwitz, wo er bis zum Sommer 1787 blieb. Im Sommer dieses Jahres erschien auch sein *Don Carlos* als Druckschrift. Im August 1787 wurde das Drama erstmals in Hamburg aufgeführt.

Am 21. Juli 1787 reiste Schiller nach Weimar und machte dort die Bekanntschaft von Herder und Wieland. Gemeinsam mit Wilhelm von Wolzogen ritt er im Dezember 1787 nach Rudolstadt und lernte hier Charlotte von Lengefeld und ihre Schwester Caroline von Beulwitz kennen. Schiller fühlte sich sehr zu den beiden Schwestern hingezogen, mit denen er einen innigen Briefwechsel pflegte. Es folgte der sogenannte *Rudolstädter Sommer.* Schiller wohnte zunächst in Volkstedt bei Rudolstadt und schließlich in Rudolstadt selbst, wo er häufig die Lengefeld-Schwestern besuchte und dafür oft seine Arbeit vernachlässigte. Auf die Vermittlung der Familie von Lengefeld hin kam es am 7. September 1788 erstmals zur Begegnung von Schiller und dem von seiner Italienreise zurückgekehrten Goethe. Die beiden Dichter begegnen sich hier aber noch sehr distanziert.

Schillers Bemühungen um geordnete bürgerliche Verhältnisse werden 1789 erfüllt, als er eine Professur an der Universität Jena als Historiker erhält. Die Nachricht von Schillers Professur wurde unter den jungen Studenten mit Begeisterung aufgenommen. Bei seiner Antrittsvorlesung, die unter dem Titel *Was heißt und zu welchem Ende studiert man Universalgeschichte?* bekannt wurde, überforderte die Kapazität des Hörsaals und zwang zum Wechsel in den größten Saal der Stadt. Durch seine Professur konnte sich Schiller aber kaum von der Sorge um seine finanziellen Schwierigkeiten befreien. Im Dezember 1789 warb er schließlich brieflich bei Luise von Lengefeld um die Hand ihrer Tochter Charlotte. Am 22. Februar 1790 heiraten die beiden in einer Kirche in Wenigenjena.

1791 erkrankte Schiller an einer Lungenentzündung schwer. Es kursierte sogar schon das Gerücht von seinem Ableben. Eine jährliche Zuwendung in Höhe von 1000 Talern von Heinrich Graf von Schimmelmann und Herzog Friedrich Christian von Augustenburg verschaffte dem stets kränkelnden Schiller eine solide finanzielle Basis für die kommenden Jahre. 1793 wurde Schillers erster Sohn Karl Friedrich Ludwig geboren.

1792 ernannte die französische Republik den Dichter der *Räuber* zum Ehrenbürger, doch distanzierte er sich bald deutlich von den Ereignissen in Frankreich. Die Ehrenbürgerschaft war ihm eher leidig, auch weil sie ihn verdächtig machte. 1793 verfasst er eine Reihe von philosophischen Briefen, die er 1795 umgearbeitet und erweitert als die Briefe *Über die ästhetische Erziehung des Menschen* in seiner Zeitschrift *Die Horen* veröffentlichte. Hierin setzte er sich mit einer zentralen Frage der Aufklärung auseinander, wie der Mensch das Ideal der Freiheit erreichen kann. Entgegen der aufklärerischen Vorstellung, dass dieses Ideal durch reine Vernunft zu erreichen wäre, entwirft Schiller in seinen Briefen die Idee von einer Balance zwischen Verstand und Gefühl. Die Kunst sieht er hierfür als geeignetes Mittel an. Ihr weist er die Aufgabe, den Menschen ästhetisch zu bilden. Sie öffnet den Weg zur Selbstbestimmung und zur produktiven Nutzung der Freiheit. Die Schrift hatte großen Einfluss auf die nachfolgenden Generationen auf verschiedenen Wissenschaftsgebieten wie der Philosophie, der politische Theorie, der Soziologie und der pädagogische Anthropologie, die auch die heutigen Wissenschaften noch beschäftigt. Für Schillers folgende Schaffensperiode bildete diese philosophische Auseinandersezung eine wichtige Grundlage.

Als Schiller am 13. Juni 1794 brieflich Goethe darum bat, sich an seiner Zeitschrift *Die Horen* zu beteiligen, war dies der Beginn einer lebenslangen, tiefen Freundschaft, die von literarischem Wettstreit, gemeinsamer Produktion, gegenseitiger Kritik und Ermunterung und großer Wertschätzung geprägt war. Das Datum wird häufig mit dem Beginn der *Weimarer Klassik* gleichgesetzt, in der das Streben nach einem harmonischen Ausgleich zwischen Verstand und Gefühl zur poetischen Auseinandersetzung wurde. Die beiden Dichter – und mit ihnen auch Wieland und Herder – lehnten sie sich an das Kunstideal der Antike an. Auf der Suche nach Vollkommenheit, Harmonie, Menschlichkeit und Toleranz entstanden wichtige Werke der deutschen Literatur.

Durch die Veröffentlichung ihrer *Xenien*, die 1796 in Schillers *Musenalmanach auf das Jahr 1797* erschienen, sorgten Goethe und Schiller für einen Aufruhr im gesamten deutschen Literaturbetrieb, dessen Missstände sie mit ihren Gedichten verspotteten. Im Jahr darauf wendeten sich beide dem lyrischen Fach zu. Quasi im Wettstreit entstehen im sogenannten *Balladenjahr 1797*[916] einige der schönsten deutschen Balladen wie Goethes *Zauberlehrling*

916 Sie erschienen im *Musenalmanach auf das Jahr 1798.*

oder *Der Gott die Bajadere* und Schillers *Der Taucher, Der Handschuh, Der Ring des Polykrates* und andere Balladen.

1796 verstarben sowohl Schillers Schwester Nanette als auch sein Vater. Sein zweiter Sohn Ernst Friedrich Wilhelm wurde geboren. 1799 vollendete er seine *Wallenstein*-Trilogie und siedelte im Dezember nach Weimar über. Das *Lied von der Glocke* entstand ebenfalls in diesem Jahr. In den folgenden Jahren entstanden Schillers übrige klassische Dramen. Mit dem lyrischen Fach hatte er sich nur noch selten auseinandergesetzt.

Am 16. November 1802 verlieh ihm der Weimarer Herzog das Adelsdiplom. Fortan durfte er sich Friedrich von Schiller nennen, worauf er aber wenig Wert legte. Im selben Jahr verstarb seine Mutter. Nachdem er 1804 seinen *Wilhelm Tell* zur Uraufführung brachte, begann er mit den Arbeiten an seinem Drama *Demetrius*, das er nicht mehr vollendete.

Krankheit warf ihn immer wieder zurück und hielt ihn von der Arbeit ab. Als er im Februar 1805 erneut schwer erkrankte, konnte er sich hiervon nicht mehr erholen. Am 1. Mai traf er zum letzten Mal auf dem Weg ins Theater mit Goethe zusammen. Am 9. Mai starb Friedrich Schiller in Weimar an einer akuten Lungenentzündung.

Werke Schillers (Übersicht)

Dramen

- Die Räuber (1781)
- Die Verschwörung des Fiesco zu Genua (1783)
- Kabale und Liebe (1784)
- Don Carlos (1787/88)
- Wallenstein (Trilogie: Wallensteins Lager, Die Piccolomini, Wallensteins Tod, 1799)
- Maria Stuart (1800)
- Die Jungfrau von Orléans (1801)
- Die Braut von Messina (1803)
- Wilhelm Tell (1803/04)

Prosa

- Der Verbrecher aus verlorener Ehre (1786)
- Der Geisterseher (Fragment, 1787)
- Spiel des Schicksals (1789)

Lyrik

- An die Freude (1786)
- Resignation (1786)
- Die Götter Griechenlandes (erste Fassung 1788, zweite Fassung 1800)
- Hektors Abschied (1790)
- Das verschleierte Bild zu Sais (1795)
- Der Spaziergang (1795)
- Die Teilung der Erde (1795)
- Der Taucher (1797)
- Die Kraniche des Ibykus (1797)
- Der Handschuh (1797)
- Der Gang nach dem Eisenhammer (1797)
- Der Ring des Polykrates (1797)
- Der Kampf mit dem Drachen (1798)
- Die Bürgschaft (1798)
- Das Lied von der Glocke (1799)
- Nänie (1800)
- Der Antritt des neuen Jahrhunderts (1800)
- Das Siegesfest (1803)

Philosophisch-ästhetische Schriften

- Über das gegenwärtige deutsche Theater (1782)
- Die Schaubühne als eine moralische Anstalt betrachtet (1784)
- Philosophische Briefe (1786)
- Über den Grund des Vergnügens an tragischen Gegenständen (1792)
- Über die tragische Kunst (1792)
- Über Anmut und Würde (1793)
- Über die ästhetische Erziehung des Menschen (1795)
- Über naive und sentimentalische Dichtung (1795)
- Über das Erhabene (1801)

Historische Werke

- Geschichte des Abfalls der Vereinigten Niederlande von der spanischen Regierung (1788)
- Was heißt und zu welchem Ende studiert man Universalgeschichte? (1789)
- Geschichte des dreißigjährigen Krieges (1790)

Übersetzungen

- Iphigenie in Aulis (von Euripides, 1788)
- Macbeth (von William Shakespeare,1800)
- Turandot (von Carlo Gozzi, 1801)
- Der Neffe als Onkel (von Louis-Benoît Picard, 1803)
- Der Parasit (von Louis-Benoît Picard, 1803)
- Phèdre (von Jean Racine , 1805)

Zeitschriften

- Wirtembergisches Repertorium (1782–1783)
- Thalia (ab 1784)
- Die Horen (1795–1797)
- Musenalmanach (1796–1800)

Literaturverzeichnis

Adelung, Johann Christoph: Versuch eines vollständigen grammatisch-kritischen Wörterbuchs der hochdeutschen Mundart mit beständiger Vergleichung der übrigen Mundarten, bes. der Oberdeutschen, Teile 1–4, Leipzig, 1793–1801.

Alt, Peter-André: Schiller. Leben - Werk - Zeit. 2 Bände. Verlag C. H. Beck, München, 2000.

Düntzer, Heinrich: Schillers Kabale und Liebe erläutert. Erläuterungen zu deutschen Klassikern. Dritte Abtheilung: Erläuterungen zu Schillers Werken. Leipzig, 1878.

Fischer, Hermann (Hrsg.): Schwäbisches Wörterbuch. Bände 1–6, Tübingen, 1904–1936

Grimm, Jacob und Wilhelm u.a. (Hrsg.): Deutsches Wörterbuch. 33 Bde. Online-Wörterbuch vom Kompetenzzentrum für elektronische Erschließungs- und Publikationsverfahren in den Geisteswissenschaften der Universität Trier. http://dwb.uni-trier.de/de/

Kluge, Gerhard (Hrsg.): Schiller. Die Räuber, Fiesko, Kabale und Liebe. Text und Kommentar. Frankfurt am Main, 2009.

Krischel, Volker: Kabale und Liebe von Friedrich Schiller. Textanalyse und Interpretation mit ausführlicher Inhaltsangabe und Abituraufgaben mit Lösungen. Königs Erläuterungen. Hollfeld, 2012.

Roschner, W. H. (Hrsg.): Ausführliches Lexikon der griechischen und römischen Mythologie. Band 1–6. B. G. Teubner, Leipzig, 1886–

Rudolph; Ludwig: Schiller-Lexikon. Erläuterndes Wörterbuch zu Schillers Dichtwerken. 2 Bände, Berlin, 1869.

Schafarschik, Walter (Hrsg.): Erläuterungen und Dokumente. Friedrich Schiller Kabale und Liebe. Stuttgart, 1984.

Schiller, Friedrich: Sämtliche Werke. Auf Grund der Originaldrucke herausgegeben von Gerhard Fricke und Herbert G. Göpfert in Verbindung mit Herbert Stubenrauch, Bd. 1-5, 3. Auflage, Band 1, München, 1962.

Völkl, Bernd: Kabale und Liebe. Lektüreschlüssel. Stuttgart, 2004.

Wander, Karl Friedrich Wilhelm (Hrsg.): Deutsches Sprichwörter-Lexikon. Ein Hausschatz für das deutsche Volk. Bände 1–5, Leipzig, 1867.